Der Sommer ist die schönste Zeit des Jahres. Die Sonne genießen, am Strand entspannen und im Meer baden. So stellen wir uns das vor. Aber der Schein trügt. Denn das Verbrechen macht keinen Urlaub. Diebstahl, Raub und im schlimmsten Fall Mord können die Erholung empfindlich stören. Gut, wer sich literarisch darauf vorbereitet. Denn Krimiautoren kennen sich aus.

Dieses Buch mit Texten von Ruth Rendell, Andrea Camilleri, Åke Edwardson und vielen anderen gehört in jedes Reisegepäck.

insel taschenbuch 3422
Mordsurlaub

Mordsurlaub

Spannende Kriminalgeschichten für unterwegs

Ausgewählt von Carolin Bunk
und Hans Sarkowicz
Insel Verlag

Umschlagfoto: © Zoomstock/Masterfile, © Westend 61
Gila Frankl/Der Hörverlag

insel taschenbuch 3422
Originalausgabe
Erste Auflage 2009
© Insel Verlag Frankfurt am Main und Leipzig 2009
Alle Rechte vorbehalten, insbesondere das der Übersetzung,
des öffentlichen Vortrags sowie der Übertragung
durch Rundfunk und Fernsehen, auch einzelner Teile.
Kein Teil des Werkes darf in irgendeiner Form
(durch Fotografie, Mikrofilm oder andere Verfahren)
ohne schriftliche Genehmigung des Verlages reproduziert
oder unter Verwendung elektronischer Systeme
verarbeitet, vervielfältigt oder verbreitet werden.
Quellenverzeichnis am Schluß des Bandes
Vertrieb durch den Suhrkamp Taschenbuch Verlag
Umschlag nach Entwürfen von Willy Fleckhaus
Satz: Hümmer GmbH, Waldbüttelbrunn
Druck: Druckhaus Nomos, Sinzheim
Printed in Germany
ISBN 978-3-458-35122-1

1 2 3 4 5 6 – 14 13 12 11 10 09

Inhalt

Andrea Camilleri
Der Reisegefährte

Übel gelaunt kam Commissario Montalbano am Bahnhof von Palermo an. Sein Mißmut rührte daher, daß er zu spät von einem doppelten Streik der Flugzeuge sowie der Schiffe erfahren und für seine Reise nach Rom nur ein Bett in einem Zweierabteil der zweiten Klasse bekommen hatte. Und das bedeutete schlicht und einfach, daß er eine ganze Nacht mit einem Unbekannten in einem so erstickend engen Raum verbringen mußte, daß eine Isolationszelle bestimmt gemütlicher war. Außerdem hatte Montalbano im Zug noch nie schlafen können, auch wenn er sich bis an die Grenze zur Magenspülung mit Schlaftabletten vollstopfte. Um die Zeit totzuschlagen, vollzog er ein Ritual, das eigentlich nur unter der Bedingung möglich war, daß er ganz allein war. Es bestand hauptsächlich darin, daß er sich hinlegte, das Licht löschte, es keine halbe Stunde später wieder anschaltete, eine halbe Zigarette rauchte, eine Seite in dem Buch las, das er dabeihatte, die Zigarette ausdrückte, das Licht löschte und fünf Minuten später die ganze Prozedur bis zur Ankunft wiederholte. Wenn er nicht allein war, mußte der Reisegefährte unbedingt starke Nerven oder einen guten Schlaf haben: Fehlten diese notwendigen Eigenschaften, konnte die Sache böse enden. Der Bahnhof war so mit Reisenden überfüllt, daß man hätte meinen können, es sei der erste August. Und das verschlechterte die Laune des Commissario noch mehr, es gab keine Hoffnung, daß das andere Bett frei blieb.

Vor seinem Waggon stand ein Typ, der in einem schmutzigen Blaumann mit Dienstmarke an der Brust steckte. Montalbano hielt ihn für einen Gepäckträger, eine vom Aussterben bedrohte Spezies, denn jetzt gibt es Gepäckwagen, wobei es den Reisenden allerdings eine Stunde Zeit kostet, bis er einen gefunden hat, der auch funktioniert.

»Geben Sie mir Ihre Fahrkarte«, forderte ihn der Mann im Overall drohend auf.

»Warum denn?« fragte der Commissario herausfordernd. »Weil die Schaffner streiken und ich beauftragt bin, sie zu vertreten. Ich bin befugt, Ihr Bett herzurichten, aber ich weise Sie darauf hin, daß ich Ihnen morgen früh weder einen Kaffee zubereiten noch die Zeitung bringen kann.« Montalbano wurde noch grimmiger. Das mit der Zeitung konnte er verkraften, aber ohne Kaffee war er verloren. Schlimmer konnte es ja gar nicht anfangen.

Er ging in sein Abteil, sein Reisegefährte war noch nicht da, es war kein Gepäck zu sehen. Er hatte, bevor sich der Zug in Bewegung setzte, gerade noch Zeit, seinen Koffer auf die Ablage zu legen und den Krimi aufzuschlagen, den er vor allem deshalb ausgesucht hatte, weil das Buch so dick war. Hatte sich der andere etwa umentschlossen und die Reise doch nicht angetreten? Der Gedanke munterte ihn auf. Sie waren schon eine Weile unterwegs, als der Mann im Overall mit zwei Flaschen Mineralwasser und zwei Pappbechern erschien.

»Wissen Sie, wo der andere Signore zusteigt?«

»Soviel ich weiß, hat er ab Messina reserviert.«

Das war ein Trost, so hatte Montalbano wenigstens für gut drei Stunden seine Ruhe, denn so lange brauchte der Zug von Palermo nach Messina. Er schob die Tür zu und las weiter. Die Geschichte, die in dem Krimi erzählt wurde, fesselte ihn so sehr, daß er, als er irgendwann auf die Uhr sah, feststellte, daß sie bald in Messina sein mußten. Er rief den Mann im Overall und ließ sich sein Bett herrichten – das obere war für ihn bestimmt –, und sobald der Bedienstete fertig war, zog er sich aus, legte sich hin und las weiter. Als der Zug in den Bahnhof einfuhr, klappte er das Buch zu und löschte das Licht. Wenn der Reisegefährte ins Abteil kam, wollte er sich schlafend stellen, dann brauchten sie keine Höflichkeiten auszutauschen.

Auch als der Zug nach endlosen Rangiermanövern in die Fähre einfuhr, blieb die untere Bettstatt unerklärlicherweise leer. Die Fähre legte mit einem heftigen Ruck ab, und Montalbano begann gerade, sein Glück zu genießen, als kurz darauf die Abteiltür aufging und der Reisende seinen gefürchteten Einzug hielt. Einen Augenblick lang konnte der Commissario im matten Licht, das vom Gang hereinkam, undeutlich einen kleinen Mann sehen, mit Bürstenhaarschnitt, in einen langen, dicken Mantel gehüllt, Aktenkoffer in der Hand. Der Fahrgast roch nach Kälte, anscheinend war er zwar in Messina zugestiegen, hatte es aber vorgezogen, während der Überfahrt auf der Straße von Messina an Deck zu bleiben.

Der Neuankömmling setzte sich auf seine Liege und rührte sich nicht mehr, er machte nicht die geringste Bewegung, schaltete auch das kleine Lämpchen nicht an, das es einem erlaubt, etwas zu sehen, ohne die anderen zu stören. Über eine Stunde saß er so da, reglos. Wenn er nicht schwer geatmet hätte wie nach einem Dauerlauf, von dem man sich nur langsam erholt, hätte Montalbano meinen können, das untere Bett sei noch leer. Damit sich der Unbekannte wohl fühlen konnte, stellte sich der Commissario schlafend und fing leise an zu schnarchen, mit geschlossenen Augen, aber so wie eine Katze, die zu schlafen scheint, dabei aber alle Sterne am Himmel einzeln zählt.

Und mit einem Mal fiel er, ohne es zu merken, wirklich in einen tiefen Schlaf, wie er ihn noch nie erlebt hatte.

Er wachte auf, weil ihn fröstelte, der Zug stand in einem Bahnhof: Paola, informierte ihn eine hilfreiche Männerstimme aus dem Lautsprecher. Das Fenster war ganz heruntergelassen, die gelbe Bahnhofsbeleuchtung schickte mildes Licht ins Abteil.

Der Reisegefährte saß jetzt, immer noch in seinen Mantel gehüllt, am Fußende des Bettes, der Aktenkoffer lag auf dem Deckel des Waschbeckens. Er las einen Brief und bewegte dabei stumm die Lippen. Als er ihn fertig gelesen hatte, zerriß er ihn in winzige Stücke und legte die Schnipsel neben den kleinen Koffer. Der Commissario sah genauer hin und stellte fest, daß der weiße Haufen mit zerrissenen Briefen ziemlich hoch war. Das ging also schon eine ganze Weile so, er hatte zwei Stunden, vielleicht etwas weniger, geschlafen.

Der Zug setzte sich in Bewegung und wurde schneller, aber erst außerhalb des Bahnhofs erhob sich der Mann müde, formte seine Hände zu einer Schale, nahm die Hälfte des Haufens auf und ließ sie aus dem Fenster fliegen. Er tat dasselbe mit der verbliebenen Hälfte, dann packte er, nachdem er einen Augenblick gezögert hatte, den Aktenkoffer, in dem noch immer Briefe zum Lesen und zum Zerreißen waren, und warf ihn aus dem Fenster. An der Art, wie er die Nase hochzog, merkte Montalbano, daß der Mann weinte, und er fuhr sich tatsächlich kurz darauf mit dem Ärmel seines Mantels über das Gesicht, um seine Tränen abzuwischen. Dann knöpfte der Reisegefährte das schwere Kleidungsstück auf, zog einen schwarzen Gegenstand aus seiner Gesäßtasche und schleuderte ihn mit aller Kraft hinaus.

Der Commissario war sich sicher, daß sich der Mann einer Schußwaffe entledigt hatte.

Der Unbekannte knöpfte seinen Mantel zu, schloß das Fenster, zog die Gardinen zu und warf sich schwerfällig auf das Bett. Hemmungslos fing er wieder an zu schluchzen. Montalbano war ganz verlegen und stellte sein künstliches Schnarchen lauter. Ein schönes Konzert.

Allmählich ließ das Schluchzen nach; die Müdigkeit, oder was immer es war, gewann die Oberhand, der Mann auf dem unteren Bett fiel in einen unruhigen Schlaf.

Als der Commissario feststellte, daß sie bald in Neapel waren, kletterte er die Leiter hinunter, tastete nach dem Bügel, an dem seine Kleider hingen, und zog sich leise an: Der Reisegefährte, der immer noch eingemummt war, wandte ihm den Rücken zu. Aber Montalbano hörte ihn atmen und hatte den Eindruck, der andere sei wach, wolle es aber nicht zeigen, ein bißchen, wie er selbst es zu Beginn der Reise gemacht hatte.

Als er sich bückte, um seine Schuhe zuzubinden, sah Montalbano auf dem Boden eine weiße Karte liegen; er hob sie auf, öffnete die Tür, ging rasch auf den Flur hinaus und zog die Tür hinter sich zu. Was er da in der Hand hatte, war eine Postkarte mit einem roten Herz, das von einem Schwarm weißer Tauben vor blauem Himmel umgeben war. Sie war an Ragioniere Mario Urso, Via della Libertà 22, Patti (Prov. Messina), adressiert. Nur fünf Wörter: *ti penzo sempre con amore*, ich denk immer in Liebe an Dich, und die Unterschrift: Anna.

Der Zug war unter dem Bahnsteigdach noch nicht zum Stehen gekommen, als der Commissario schon auf der verzweifelten Suche nach jemandem, der Kaffee verkaufte, den Bahnsteig entlanghastete. Er fand niemanden und war völlig außer Atem, gezwungen, bis in die Bahnhofshalle zu laufen, sich den Mund mit zwei Täßchen Espresso zu verbrennen, die er schnell hintereinander trank, und an den Kiosk zu stürzen, um die Zeitung zu kaufen.

Nun mußte er rennen, denn der Zug setzte sich schon in Bewegung. Er blieb eine Weile im Gang stehen, um wieder zu Atem zu kommen, dann begann er, wie immer, mit den vermischten Nachrichten. Fast sofort fiel sein Blick auf eine Meldung aus Patti (Provinz Messina). Ein paar Zeilen nur, soviel die Nachricht eben verdiente.

Ein geachteter Buchhalter, Ragioniere Mario Urso, fünfzig Jahre alt, hatte seine junge Frau, Anna Foti, in unmißverständlicher Haltung mit R. M., dreißig Jahre alt und vorbestraft, überrascht und mit drei Pistolenschüssen getötet. R. M., der Liebhaber, der den betrogenen Ehemann zuvor mehrmals in der Öffentlichkeit verhöhnt hatte, war verschont geblieben, aber er hatte einen Schock erlitten und lag im Krankenhaus. Die Suche nach dem Mörder dauerte an, Polizei und Carabinieri waren eingeschaltet.

Der Commissario ging nicht in sein Abteil zurück, er blieb im Gang und rauchte eine Zigarette nach der anderen. Dann, als der Zug in Rom schon im Schneckentempo in den Bahnhof einfuhr, entschloß er sich, die Tür zu öffnen.

Der Mann, der immer noch in seinen Mantel gehüllt war, saß jetzt auf seinem Bett, die Arme eng um die Brust geschlungen, der Körper zitternd unter lang anhaltenden Schaudern. Er sah nichts, er hörte nichts.

Der Commissario faßte sich ein Herz und ging hinein in die zähe Angst, die fühlbare Trostlosigkeit, die sichtbare Verzweiflung, die sich in dem Abteil ballten und faulig gelb stanken. Er nahm seinen Koffer, dann legte er seinem Reisegefährten behutsam die Postkarte auf die Knie.

»Viel Glück, Ragioniere«, flüsterte er.

Und stellte sich in die Schlange der Reisenden, die sich anschickten auszusteigen.

Stanley Ellin
Un-begründeter Zweifel

Mr. Willboughby fand einen Sessel im Aussichtswagen und ließ sich ein wenig umständlich darin nieder. Bis hierher, so überlegte er, von Dankbarkeit überwältigt, war der Urlaub ein absoluter Erfolg gewesen. Nicht die Spur von Kopfschmerzen, mit denen er sich das vergangene Jahr herumgeschlagen hatte. Auch nicht eine Idee von dem eisernen Ring, der sonst immer seinen Schädel fest umklammert hatte, keine Bohrer bohrten, keine Hämmer hämmerten in seinem Kopf. »Seelische Spannungen«, hatte der Doktor gesagt. »Physisch sind Sie gesund wie ein Fisch, aber Sie sitzen an Ihrem Schreibtisch und zerbrechen sich den Kopf über ein Problem nach dem anderen, bis Ihr Geist so angespannt ist wie eine Uhrfeder. Dann gehen Sie mit Ihren Problemen nach Hause und machen weiter und quälen sich damit zu Tode. Viel Schlaf kriegen Sie dabei nicht, was?«

Mr. Willboughby gab zu, daß er nicht viel Schlaf kriegte.

»Dachte ich mir«, sagte der Doktor. »Nun, es gibt nur ein Mittel dagegen: Urlaub. Und damit meine ich richtigen Urlaub, wo Sie wirklich alles hinter sich lassen. Schalten Sie ab. Lassen Sie einfach nichts an sich heran außer harmlosem Geschwätz. Wälzen Sie nicht das kleinste Problem. Nicht mal Kreuzworträtsel sollen Sie lösen. Machen Sie einfach die Augen zu, hören Sie nur, wie die Welt sich dreht. Das hilft bestimmt«, versicherte er ihm. Und es hatte tatsächlich geholfen, das erkannte Mr. Willboughby schon nach dem allerersten Tag dieser Behandlung. Und er hatte noch Wochen vor sich, Wochen glückseliger Erholung. Es war natürlich nicht immer leicht, jedes Problem, das ihm in den Sinn kam, beiseite zu schieben. Da war zum Beispiel jetzt gerade eine Zeitung auf dem Rauchtisch neben seinem Sessel, die Schlagzeile war halb zu sehen: NEUE KRISE IN ... Mr. Willboughby wandte den Kopf ab und warf das Blatt in das Zeitungsfach unter dem Tisch. Ein kleiner Triumph nur, aber wie erfreulich ...

Er beobachtete den steten Wechsel des Landschaftsbildes draußen vor dem Zugfenster, zählte halb im Traum die Meilensteine, die vorbeihuschten, als er sich zum ersten Male der Stimme bewußt wurde, die an seiner Seite erklang. Die Ecke seines Stuhles war gegen die Rückenlehne seines Nachbarn gelehnt, eines stämmigen, weißhaarigen Mannes, der in ein Gespräch mit einem Unbekannten vertieft war. Die Stimme des stämmigen Mannes war nicht laut, aber sie war durchdringend. Es war die Stimme – so könnte man sagen – eines geschulten Schauspielers, der, wenn er nur wisperte, noch auf der Galerie einwandfrei zu hören war. Selbst wenn man nicht die Absicht hatte, den Horcher zu spielen, mußte man wohl oder übel jedem Wort, das gesprochen wurde, folgen. Mr. Willboughby indessen zog es mit Bedacht vor zu horchen. Das Gespräch war im großen und ganzen eine gelehrte Abhandlung über Justiz-Angelegenheiten, der stämmige Mann offensichtlich ein Anwalt mit enormer Erfahrung und einem unheimlichen Gedächtnis; und alles in allem wirkte diese Kombination auf Mr. Willboughby wie sanfte Kammermusik, die von Meisterhänden gespielt wurde.

Dann plötzlich spitzte er seine Ohren wie ein Terrier. »Der interessanteste Fall, an dem ich jemals gearbeitet habe?« so seufzte der stämmige Mann als Antwort auf die

Frage seines Gefährten. »Tja, mein Herr, da gibt es einen, den ich nicht nur als den interessantesten betrachte, der je durch meine Hände gegangen ist, sondern der wohl jeden Anwalt in der Geschichte, bis hin zu Salomon selbst, verblüfft hätte. Das war die seltsamste, phantastischste, verdammteste Sache, die mir je begegnet ist. Und wie es dann schließlich ausgegangen ist – die wahre Überraschung ganz am Ende, nachdem alles eigentlich schon vorbei war –, das reicht wahrhaftig, um einen Mann glatt umzuhauen, wenn er darüber nachdenkt. Aber lassen Sie mich's Ihnen erzählen, genau so, wie es sich zugetragen hat.«

Mr. Willboughby duckte sich in seinen Sessel, stemmte die Absätze gegen den Fußboden und schloß unauffällig, indem er den Sessel langsam heranschob, den Zwischenraum zwischen seinem Stuhl und dem seines Nachbarn. Mit ausgestreckten Beinen, die Augen geschlossen und die Arme friedvoll über der Brust gekreuzt, bot er dann das Bild eines Mannes in tiefem Schlaf. In Wahrheit aber war er niemals zuvor in seinem Leben so wach gewesen.

»Selbstverständlich«, so sagte der stämmige Mann, »werde ich nicht die richtigen Namen dieser Leute benutzen, wenn sich auch das Ganze schon vor längerer Zeit ereignet hat. Das ist durchaus zu verstehen, wenn Sie bedenken, daß es sich um Mord handelt. Ein kaltblütiger Mord aus Gewinnsucht, wunderschön geplant, fehlerlos ausgeführt und dazu angetan, aus allem, was je in Gesetzbüchern geschrieben wurde, ein Gespött zu machen.

Der Ermordete – lassen Sie mich ihn Hosea Snow nennen – war der reichste Mann in unserer Stadt. Ein altmodischer Mann auf seine Art – ich erinnere mich, daß er selbst an den heißesten Sommertagen eine schwarze Melone und einen steifen Kragen trug –, ihm gehörte die Bank, die Spinnerei und ein paar andere Sachen in der Stadt. Es war für niemand ein Geheimnis, was er so etwa besitzen mochte. Am Tage seines Todes waren es ungefähr zwei Millionen Dollar. Wenn man bedenkt, wie niedrig damals die Steuern waren und wieviel man für einen Dollar kaufen konnte, so begreifen Sie wohl, warum er bei jedermann so hoch geachtet war. Seine ganze Familie bestand aus zwei Neffen, Söhne seines Bruders, mit Namen Ben und Orville. Sie vertraten sozusagen die arme Seite der Familie. Als ihre Eltern starben, blieb ihnen nichts weiter als ein heruntergekommenes altes Haus, in dem sie zusammen wohnten. Ben und Orville waren damals gutaussehende junge Männer Mitte Zwanzig. Glatte Gesichter mit regelmäßigen Zügen, einer dem anderen ziemlich ähnlich, so hätten die beiden durchaus beliebter sein können, als sie es tatsächlich waren, aber sie hielten sich absichtlich von den Leuten fern. Es war nicht so, daß sie unfreundlich gewesen wären – jedesmal, wenn man ihnen auf der Straße begegnete, lächelten sie und sagten guten Tag –, aber sie waren sich selbst genug. Heutzutage hört man eine Menge gerade über Eifersucht zwischen Blutsverwandten und Bruderkomplexe, aber das hätte auf diese zwei Jungen nie gepaßt.

Sie arbeiteten in der Bank ihres Onkels, aber sie waren nie mit ganzem Herzen dabei. Obwohl sie doch wußten, daß, wenn Hosea starb, sein ganzes Geld unter ihnen beiden aufgeteilt würde, schien sie das kein bißchen aufzumuntern. Tatsache ist, Hosea war eines von diesen zähen, ausgetrockneten Exemplaren, von denen man meinen könnte, daß sie ewig am Leben blieben. Darauf warten, bis jemand wie er einem schließlich etwas hinterläßt, kann auf die Dauer ziemlich anstrengend werden, und es besteht kein Zweifel darüber, daß die Jungen auf diese Erbschaft warteten, seit der Zeit, als sie das erste Mal begriffen hatten, was ein Dollar wert ist.

Aber in der Zwischenzeit, so schien es, beschäftigten sie sich mit etwas ganz anderem als mit Banken und mit Geld, etwas, wofür Hosea selber niemals irgendwelches Verständnis oder gar Sympathie haben konnte, wie er mir mehr als einmal versicherte. Sie wollten Schlagerdichter werden, und soviel ich weiß, hatten sie sogar Talent dafür.

Wann immer in der Stadt etwas los war, das mit Unterhaltung zu tun hatte, da waren Ben und Orville dabei und trugen ihre Lieder vor, die sie selber gemacht hatten. Niemand hat je gewußt, wer von den beiden die Musik komponierte und wer die Texte schrieb, und schon allein das war eines der kleinen Geheimnisse, das die ganze Stadt unterhielt. Sie können aus der Tatsache, daß so eine Angelegenheit Anlaß zur Unterhaltung gab, sicher selber ersehen, wie klein und weit abgelegen der Ort war.

Aber an dem Tage, als man Hosea fand, tot, mit einer Kugel genau in der Mitte seiner Stirn, da war alles plötzlich ganz anders. Das erste, was ich davon hörte, war ein Telefonanruf, der mich am Morgen aus dem Bett aufschreckte. Es war der Staatsanwalt des Kreises, der mir erzählte, daß Ben Snow in der Nacht seinen Onkel ermordet habe, daß man ihn soeben festgenommen hatte und daß er nun mich bat, so schnell wie möglich zu ihm ins Gefängnis zu kommen.

Ich rannte halb angezogen ins Gefängnis und war dann ganz perplex bei Bens Anblick. Er saß da, eingeschlossen in einer Zelle, las eine Zeitung und schien völlig unberührt durch die Tatsache, daß er auf dem besten Wege war, mit einem Strick um den Hals auf eine Falltür zu treten.

›Ben‹, sagte ich, ›du hast es nicht getan, nicht wahr?‹

›Man sagt, daß ich's getan habe‹, sagte er mit sachlicher Stimme. Ich weiß nicht, was mich mehr erstaunte – was er sagte oder die unbeteiligte Art, wie er's sagte.

›Was soll das heißen?‹ fragte ich ihn. ›Und ich hoffe nur, mein Junge, daß du mir eine überzeugende Geschichte zu erzählen hast, weil du nämlich ganz schön in der Tinte sitzt.‹

›Tja nun‹, sagte er, ›mitten in der Nacht kam die Polizei mit dem Kreisstaatsanwalt zu Orville und mir, weil jemand meinen Onkel Hosea umgebracht hatte, und nach einigem Hin und Her sagten sie, ich sei's gewesen. Als ich es satt hatte, von ihnen ausgefragt zu werden, sagte ich, gut, ich war es.‹

›Das heißt‹, sagte ich, ›sie haben Beweismaterial gegen dich?‹ Er lächelte. ›Das wird sich vor Gericht zeigen‹, sagte er. ›Das einzige, was Sie zu tun haben, ist, Orville als meinen Zeugen bei der Verhandlung aufzurufen, und dann werden Sie keine weiteren Schwierigkeiten haben. Ich werde nicht selbst in den Zeugenstand gehen, so daß man mich nicht ins Kreuzverhör nehmen kann. Aber machen Sie sich keine Sorgen. Orville wird schon alles besorgen.‹

Ich fühlte, wie ein böser Verdacht sich bei mir einschlich, aber ich erlaubte mir nicht, dem nachzugeben.

›Ben‹, sagte ich, ›habt ihr, du und Orville, Gesetzbücher gelesen?‹

›Wir haben hineingeschaut‹, gab er zu. ›Sie sind ungeheuer interessant‹ – und das war alles, was ich aus ihm herausbringen konnte. Von Orville erfuhr ich noch weniger, als ich zu ihm auf die Bank ging, um mit ihm über seine Zeugenaussage zu sprechen.

Wenn Sie sich das vor Augen halten, können Sie sich bestimmt vorstellen, in welcher Verfassung ich war, als es schließlich zur Verhandlung kam. Der Fall war die größte Sensation, die es jemals in der Stadt gegeben hatte, der Gerichtssaal war überfüllt, und da stand ich nun, mittendrin, und hatte keine Ahnung, wie ich Ben helfen könnte, während Ben selber absolut gleichgültig schien. Mir war jedesmal übel, wenn ich einen Blick auf das lächelnde, selbstzufriedene Gesicht des Staatsanwaltes warf. Ich konnte es ihm auch nicht verübeln, daß er aussah wie die Katze, die den Kanarienvogel gefressen hat. Es war schließlich ein brutales Verbrechen, er und die Polizei hatten es im Handumdrehen aufgeklärt, und da saß er nun mit seinem todsicheren Fall.

In seiner Eröffnungsrede an die Geschworenen warf er ihnen die Tatsachen hin. Das Motiv war offensichtlich: Ben Snow würde eine Million Dollar beim Tode seines Onkels erben. Die Mordwaffe lag hier auf dem Tisch des Gerichtsschreibers, und jedermann konnte sie sehen: eine alte Pistole, die Bens Vater vor Jahren mit seinen übrigen Habseligkeiten hinterlassen hatte und die, als die Polizei bei Ben und Orville eindrang, in der Küche gefunden wurde, genau da, wo die beiden beim Kaffeetrinken saßen – und erst kurz zuvor war damit geschossen worden. Und das Geständnis, das Ben vor Zeugen unterzeichnet hatte, klärte die Sache vollends auf und ließ auch nicht den Schatten eines Zweifels übrig.

Demgegenüber blieb mir nichts weiter übrig, als blindes Vertrauen zu Ben zu haben und genau das zu tun, was er von mir verlangte. Ich hatte Orville Snow als meinen ersten Zeugen benannt – und als meinen einzigen Zeugen, soweit ich das bisher übersehen konnte –, und nun, ohne daß ich die geringste Ahnung hatte, was er sagen würde, nahm ich ihn in den Zeugenstand. Er leistete den Eid, setzte sich, glättete eine Falte in seiner Hose und sah mich an. Mit derselben ruhigen Unbekümmertheit, wie sie sein Bruder während der ganzen gräßlichen Angelegenheit gezeigt hatte.

Sehen Sie, ich wußte so wenig über die Geschichte, daß es mir schwerfiel, auch nur eine gute Eröffnungsrede für ihn zu finden. Schließlich nahm ich den Stier bei den Hörnern und sagte: ›Würden Sie mir bitte sagen, wo Sie sich in der Nacht des Verbrechens aufgehalten haben?‹

›Sehr gerne‹, sagte Orville. ›Ich war im Hause meines Onkels Hosea und hielt eine Pistole in meiner Hand. Wenn die Polizei sich nur an mich gewandt hätte, bevor sie anfingen Ben zu belästigen, dann hätte ich es ihnen gleich sagen können. Tatsache ist, ich war es, der unseren Onkel getötet hat.‹

Und da reden sie von Sensationen im Gerichtssaal! Aber mitten in dem ganzen Aufruhr sah ich, wie Ben mir eifrig ein Zeichen gab, daß ich zu ihm kommen solle. ›Nun, was Sie auch tun‹, flüsterte er mir zu, ›verlangen Sie auf keinen Fall, daß die Verhandlung abgebrochen wird. Es muß ein Urteil gefällt werden, verstehen Sie mich?‹

Ich verstand ganz genau. Ich hatte ja schon die ganze Zeit einen Verdacht gehabt, ich wollte ihn nur nicht zur Kenntnis nehmen. Jetzt war ich sicher, und sosehr ich auch Ben und Orville in diesem Augenblick verachtete, so mußte ich sie doch ein wenig bewundern. Und dieses bißchen Bewunderung brachte mich dazu, auf Bens Vorschlag einzugehen.

Während der Staatsanwalt wie ein Schießhund darauf wartete, daß ich die Verhandlung abbrach, ging ich zurück zu Orville im Zeugenstand und ließ ihn weitererzählen, gerade so, als wäre gar nichts Besonderes vorgefallen. Er erzählte seine Geschichte meisterhaft. Er fing ganz am Anfang an, mit dem Verlangen, das er nach dem Geld seines Onkels gehabt habe, dieses Verlangen, das langsam in seinen Adern gebrannt hatte wie Gift, und so fort in allen Einzelheiten bis zu dem Mord selbst. Er hielt die Geschworenen im Bann, und nur um ganz sicher zu sein, daß die Sache ganz eindeutig war, beendete ich mein Plädoyer, indem ich sie ermahnte, daß ein begründeter Zweifel an der Schuld des Mannes ausreichend ist, um ihn freizusprechen.

›So lautet das Gesetz in diesem Staat‹, erklärte ich ihnen. ›Begründeter Zweifel. Das ist doch genau das, was Sie im Augenblick für den Angeklagten empfinden unter dem Eindruck des Geständnisses von Orville Snow, daß er allein den Mord begangen hat, den man seinem Bruder zur Last legt!‹

Die Polizei schnappte sich Orville gleich, nachdem das Urteil ›nicht schuldig‹ ausgesprochen worden war. Ich traf ihn am selben Abend in der kleinen Zelle, die auch Ben beherbergt hatte, und ich wußte schon, was er mir sagen würde.

›Ben ist mein Zeuge‹, sagte er. ›Bringen Sie mich nur nicht in den Zeugenstand, und lassen Sie Ben reden.‹

Ich sagte zu ihm: ›Einer von euch hat euren Onkel umgebracht. Glaubst du nicht, ich als euer Anwalt sollte wissen, wer von euch beiden es getan hat?‹

›Nein, das glaube ich nicht‹, sagte Orville mit einiger Freundlichkeit.

›Du setzt eine Menge Vertrauen in deinen Bruder‹, sagte

ich zu ihm, ›Ben ist jetzt entlassen und frei von dem Verdacht. Wenn er für dich aussagen will, wie du für ihn ausgesagt hast, dann bekommt er zwei Millionen Dollar und du kommst an den Galgen. Beunruhigt dich das gar nicht?‹

›Nein‹, sagte Orville. ›Wenn uns das beunruhigen würde, dann hätten wir's gar nicht erst getan.‹

›Meinetwegen‹, sagte ich, ›wenn ihr's so haben wollt, bitte. Aber sag mir eines, Orville, nur aus Neugier. Wie habt ihr entschieden, wer von euch Hosea töten soll?‹

›Wir haben gelost‹, sagte Orville. Und damit war die Frage für ihn erledigt.

Wenn Bens Verhandlung schon die ganze Stadt auf die Beine gebracht hatte, so kamen zu Orvilles Verhandlung Leute von überall her aus dem ganzen Kreis. Jetzt war der Staatsanwalt an der Reihe, krank auszusehen, als er die Menge vor sich sah. Er wußte im Innersten, was bevorstand, und er konnte nicht das geringste dagegen tun. Und es entrüstete ihn noch mehr, weil der ganze Prozeß eine gemeine Verspottung des Gesetzes zu werden versprach. Ben und Orville Snow hatten ein Schlupfloch in den Maschen des Gesetzes gefunden, wenn man so sagen will, und sie waren auf dem besten Wege hindurchzuschlüpfen. Ein Gericht konnte einen Mann nicht verurteilen, wenn es begründete Zweifel an seiner Schuld gab, ein Mann konnte nicht zum zweiten Male wegen eines Verbrechens vor Gericht gestellt werden, wenn er schon einmal freigesprochen worden war; es war nicht einmal möglich, die beiden Jungen wegen Beihilfe zum Mord anzuklagen, denn das war ein Tatbestand, der bereits in der Mordanklage enthalten war und der durch sie gedeckt wurde. Das reichte aus, um jeden Staatsanwalt um den Verstand zu bringen.

Aber dieser hier beherrschte sich, bis Ben seine Geschichte vor den Geschworenen beendet hatte. Er tat das so anschaulich, daß man ihn fast zu sehen glaubte, wie er da in dem Zimmer seinem Onkel gegenüberstand, wie seine Waffe Tod spie und wie der alte Mann auf dem Boden zusammensank. Die Geschworenen saßen gebannt, und der Staatsanwalt kaute seine Nägel bis ans Fleisch ab, während er sie beobachtete. Dann, als Ben im Zeugenstand ihm gegenüberstand, legte er richtig los.

›Ist das nicht eine ganz ungeheuerliche Lüge?‹ schrie er. ›Wie können Sie an einem Tag unschuldig an diesem Verbrechen sein und am nächsten Tag schuldig?‹

Ben hob seine Augenbrauen. ›Ich habe niemals zu irgend jemand gesagt, ich sei unschuldig‹, sagte er ungehalten. ›Ich habe die ganze Zeit gesagt, ich sei schuldig.‹

Das war nicht zu bestreiten. Es stand nichts im Protokoll, das man hätte anfechten können. Und ich war meiner selbst nie so sicher und zugleich nie so unglücklich als in dem Augenblick, wo ich dastand und mein Plädoyer zusammenfaßte. Ich brauchte nicht länger als eine Minute dazu, das schnellste Plädoyer in meiner Laufbahn.

›Wenn ich unter Ihnen säße, meine guten Leute, auf dieser Geschworenenbank‹, sagte ich, ›dann wüßte ich genau, was ich denken würde. Ein abscheuliches Verbrechen ist verübt worden, und einer der beiden Männer hier in diesem Gerichtssaal hat es getan. Aber ich kann einen Eid darauf schwören, daß ich nicht weiß, welcher von beiden es gewesen ist. Ich weiß das nicht besser, als Sie es wissen. Und, ob es mir nun gefällt oder nicht, wenn ich an Ihrer Stelle wäre, so müßte das Urteil lauten: nicht schuldig.‹

Das war alles, was sie noch brauchten. Sie hatten ihr Urteil noch schneller gefällt als die Geschworenen in Bens Fall. Und ich hatte das zweifelhafte Vergnügen, zwei junge Männer, von denen einer eines Mordes schuldig war, lächelnd aus dem Gerichtsgebäude gehen zu sehen. Wie ich schon sagte, ich verachtete sie, aber dennoch empfand ich ihnen gegenüber eine Art von wütender Bewunderung. Sie hatten alles auf ihre gegenseitige Treue gesetzt, und ihre Treue hatte die Feuerprobe bestanden.«

Der stämmige Mann schwieg. Aus seiner Richtung kam das Geräusch eines Streichholzes, das angezündet wird, und dann zogen Kringel vom Rauch einer teuren Zigarre unter Mr. Willboughbys Nase dahin. Es war der Einbruch der Gegenwart, die das faszinierende Gewebe der Vergangenheit wie Rauchschwaden auflöste.

»Ja, mein Herr«, sagte der stämmige Mann, und in seiner Stimme war ein Abgrund von Wehmut, »Sie können lange suchen, bis Sie einen Fall finden, der diesem gleichkommt.«

»Sie wollen damit sagen«, bemerkte sein Gefährte, »daß die beiden tatsächlich davongekommen sind? Daß sie damit den Weg zum perfekten Mord gefunden haben?«

Der stämmige Mann schnaubte. »Perfekter Mord, Quatsch! Und jetzt kommt die endgültige, die phantastische Überraschung: Sie sind nicht davongekommen!«

»Nicht?«

»Natürlich nicht. Sehen Sie, als die beiden – lieber Himmel, ist das nicht unsere Station?« rief der stämmige Mann plötzlich, und im nächsten Augenblick rannte er an Mr. Willboughbys ausgestreckten Füßen vorbei, die Aktentasche in der Hand, den wehenden Mantel über dem Arm und seinen Begleiter im Schlepptau. Mr. Willboughby saß einen Augenblick ganz betäubt da, die Augen weit offen. Sein Mund war trocken und sein Herz hämmerte. Dann sprang er auf die Füße – aber es war zu spät: die Männer hatten den Zug verlassen. Er machte ein paar verzweifelte Schritte in die Richtung, die sie genommen hatten, begriff, daß es zwecklos war, lief dann zum Zugfenster, von dem aus man den Bahnsteig übersehen konnte.

Der stämmige Mann stand auf dem Bahnsteig, beinahe unter ihm, knöpfte seinen Mantel zu und sagte etwas zu seinem Begleiter. Mr. Willboughby machte eine heftige Anstrengung, um das Fenster zu öffnen, aber es gelang ihm nicht. Dann klopfte er mit den Knöcheln an das Fensterglas, und der stämmige Mann sah zu ihm auf.

»W-i-e?« versuchte er durch das geschlossene Fenster lautlos die Worte mit dem Mund zu formen, und dann sah er mit Entsetzen, daß der stämmige Mann ihn überhaupt nicht verstand. Da kam ihm ein Einfall. Er ahmte mit der Hand eine Pistole nach, zielte mit dem ausgestreckten Zeigefinger auf den stämmigen Mann und bewegte den Daumen wie einen Hahn, der auf den Patronenboden schlägt.

»Peng!« schrie er. »Peng, peng! W-i-e?«

Der stämmige Mann sah ihn erstaunt an, blickte auf seinen Reisegefährten und hob dann seinen eigenen Zeigefinger an seine Schläfe, machte eine langsame, kreisende Bewegung. Und das war das letzte, was Mr. Willboughby von ihm sah, während der Zug erst langsam, dann mit zunehmender Geschwindigkeit weiterfuhr.

In dem Augenblick, als er sich vom Fenster abwandte, wurden Mr. Willboughby zwei Dinge bewußt. Das erste war, daß jedes einzelne Gesicht im Abteil sich ihm mit hingerissenem Interesse zuwandte. Das andere war das eiserne

Band, das sich fest um seinen Schädel legte, der Bohrer, der wieder zu bohren begonnen hatte, die winzigen Hämmer, die angefangen hatten zu hämmern.

Es würde, so wußte er nun mit äußerster Verzweiflung, ein ganz gräßlicher Urlaub werden.

Niklaus Schmid
Ischia – Traum und Trauma

Der erste Törn

Wie ein Schatten glitt das Boot über das tiefblaue Wasser. Während Wolfram Klesse hin und wieder den Kurs korrigierte oder das Hauptsegel dichter holte, ließ er seinen Blick entlang der felsigen Küste von Ischia schweifen. Die letzte Ortschaft lag zwei Meilen hinter ihm, die Häuser, die sich als weiße Flecken vor dem goldbraunen Hintergrund abhoben, wurden spärlicher. Hinter ihm lagen nun auch die Strände mit den Sonnenschirmen, den Windsurfern und dem Kindergeschrei. Eine sanfte Brise umwehte ihn, er spürte Salzgeschmack auf den Lippen.

Zum ersten Mal, seit er den Hafen von Neapel verlassen hatte, konnte Klesse den Törn richtig genießen. Da war keine Stimme, die ihn auf Sehenswürdigkeiten aufmerksam machte, die Texte aus einem Kunstreiseführer zitierte, die ihn mit Zahlen über historische Schlachten und Altertümer anödete. Bis auf das Rauschen der Bugwelle entlang der Bordwand, einem gelegentlichen Möwenschrei und dem leichten Knattern des Focksegels war es herrlich still an Bord der Nina – denn Marga, Klesses Frau, lag in ihrer Koje und war die leiseste und sanftmütigste Ehefrau, die sich ein Mann nur wünschen konnte.

Marga schlief. Schon seit Stunden. Und sie würde noch lange schlafen.

Klesse pfiff ein Liedchen. Obwohl Pfeifen an Bord eigentlich tabu war, weil es angeblich die Windgeister herbeirief.

Doch solche Bedenken störten Klesse im Augenblick wenig. Denn in diesem Moment öffnete sich auf der Steuerbordseite eine fast kreisrunde, von steilen Klippen umgebene Bucht.

»Ideal!« entfuhr es Klesse. »Hier wird es passieren.«

Er löste die Sperre an der Windentrommel. Raschelnd fiel das Hauptsegel aufs Deck. Die ketschgetakelte Nina lief nur noch unter Fock und Besansegel.

Nachdem der Skipper die Selbststeuerungsanlage eingestellt hatte, stieg er den Niedergang hinunter. Er spähte in die Kabine. Da lag sie. Margas Miene war streng. Sie hatte kurzes, schwarzes Haar, das mit grauen Strähnen durchzogen war, ihre Lippen waren schmal und gerade. Der Mund einer enttäuschten Lehrerin, dachte Klesse.

Er ging in die kleine Schiffsküche, wo die Zutaten für das Abendessen bereitlagen: Tomaten, eine Avocado und eine Portion Garnelen, dazu sollte es Rigatoni geben. Zuerst kochte Klesse die Nudeln, dann bereitete er die Garnelen vor. Er löste die Krustentiere aus ihrer Schale und beträufelte sie, nachdem er mit einem spitzen Küchenmesser den dunklen Darm entfernt hatte, mit Limettensaft. Für ein, zwei Sekunden kam er sich komisch vor, daß er so methodisch vorging. Andererseits, man wußte nie, wie eine Sache ausging. Da war es besser, wenn man sich genau an die Anleitungen aus dem Kochbuch hielt:

Olivenöl in einer Pfanne erhitzen und die Garnelen darin anbraten. Ahornsirup und Essig dazugeben und alles gut schwenken ...

Na ja, auf das Schwenken konnte er wohl verzichten.

Während er die Avocado halbierte und ihr Fruchtfleisch würfelte, übte er schon mal die Sätze, die er einem dieser

Provinzcarabinieri sagen würde: Signore, meine Frau war von der langen Seereise müde, also habe ich mich um das Abendessen gekümmert. Irgendwann merkte ich, daß sich der Anker gelöst hatte. Da bin ich an Deck gegangen und habe ihn neu gesetzt. Als ich in die Kombüse zurückkam, sah ich den Qualm. Wie bitte, woran ich als erstes ...? Nun, an meine Frau! Ihr galt mein erster Gedanke. Denn, wie schon erwähnt, Marga lag schlafend in der Koje, sie mußte ich retten. Für die Löschversuche war es dann zu spät. Wie es überhaupt passieren konnte, daß so plötzlich ...? Nun, Signore, es stimmt, die See war ruhig, doch eine auslaufende Welle muß das Schiff in eine extreme Schräglage versetzt haben. Und dadurch ...

Klesses Gedanken wurden unterbrochen. Er schnupperte. Aus der Bodenluke drang Gasgeruch. Darauf hatte er gewartet. Das Propangasgemisch war in den Kielraum gesickert. Unter Umständen konnte es dort lange Zeit lagern, so lange, bis eines Tages ein Funke – so etwas kam immer mal vor, wie der Skipper aus Berichten in Jachtzeitschriften wußte. Deshalb gab es sogenannte Gasschnüffler; moderne Jachten waren damit ausgerüstet, die Nina nicht. Es war ein unangenehmer süßlicher Geruch, der kurz darauf jedoch von dem appetitanregenden Duft des heißen Olivenöls überlagert wurde.

Als Klesse die Garnelen in die Pfanne legte und diese augenblicklich ihr Aroma entfalteten, begann sein Magen zu knurren. Im Gegensatz zu Marga, die sich am liebsten von Salat ernährte, aß Klesse gern und viel, normalerweise, heute gab es anderes zu tun.

Er ging an Deck, eine leichte Brise umfing ihn. Sein Blick fiel auf die verrosteten Wanten, die morschen Segel und das rissige Holz. Die Mahagoniaufbauten mußten dringend lakkiert, die Fugen des Teakdecks abgedichtet werden. Aufwendige Reparaturen waren nötig. Doch um diese Arbeiten selbst auszuführen, fehlte ihm die Zeit, um sie von anderen machen zu lassen, das Geld. Von weitem machte die Segeljacht noch einen recht schönen Eindruck. Aber aus der Nähe betrachtet, erkannte man, daß die Nina ein altes Mädchen war.

Was Klesse wirklich brauchte, war ein neues Schiff, und zwar eines aus pflegeleichtem Kunststoff. Eine solche Jacht würde er schon für vierzigtausend bekommen, also für das Geld, das die Nina wert war. Doch dieser Wert, das wußte er, bestand nur auf dem Papier der Versicherungspolice. Das höchste Angebot, das er bisher erhalten hatte, war nicht einmal die Hälfte. So war nun mal der Markt. Wer ein Boot suchte, zahlte viel, wer es verkaufen wollte, erhielt nur einen unverschämt niedrigen Preis.

Gekauft hatte Klesse das Schiff von dem Geld, das er mit Bauernmöbeln aus dem Gebiet der ehemaligen DDR verdient hatte. Doch die Zeit für abgebeizte Weichholzschränke war vorbei. Wer wollte das Gelumpe noch? Niemand! Sein kleines Antiquitätengeschäft hielt Klesse nur noch offen, um seiner Frau nicht in die Quere zu kommen, wenn sie nach Schulschluß ins Haus kam. »Essen schon vorbereitet, Wolfram? Hast doch sonst nichts zu tun.«

Es gab Männer, die sich damit abfanden. Klesse nicht, er wollte sich nicht bevormunden lassen. Und schon gar nicht auf seinem Schiff. Deshalb hatte er damals auch ganz bewußt in Italien und nicht etwa am Niederrhein nach einem Segelboot gesucht. Nachdem er die Nina übers Internet im Golf von Neapel gefunden und anschließend während eines

Urlaubs mit einem Freund restauriert hatte, brachte er sie auch nicht, wie es andere aus seinem Bekanntenkreis gemacht hatten, nach Holland, sondern ließ sie in einer Marina nahe Neapel. Die Nina wurde seine Fluchtburg.

So war das über Jahre. Bis Marga vor einigen Wochen damit herausrückte, daß sie die Sommerferien ebenfalls auf dem Boot verbringen wolle. Mit dem freien Leben an Bord und den Abenden in einer neapolitanischen Trattoria, das war Klesse auf der Stelle klar gewesen, würde es fortan vorbei sein. Da halfen keine Argumente, daß das Leben auf dem engen Raum einer Segeljacht recht beschwerlich, bei Stürmen sogar gefährlich sein könne. Marga ließ sich von ihrer Idee, mit ihm einen Törn zu machen, nicht abbringen. Und auch beim Reiseziel setzte sie sich durch. Nicht Sorrent, nicht Salerno, Orte, die Klesse vorgeschlagen hatte, sondern Ischia sollte es sein. Warum? »Darum!« hatte sie ungehalten erwidert und dann doch noch hinzugefügt: »Weil ich dort schon mal vor vielen Jahren mit einer Studienkollegin gewesen bin.« Ende der Diskussion.

Also, Ischia. Dann eben hier.

Klesse löste sich von seinen Gedanken. Mit zusammengekniffenen Augen schaute er in Richtung Land. Er schätzte den Abstand auf eine knappe Meile.

»Gerade richtig«, murmelte er, holte die Fock ein und setzte den Anker. Wieder unter Deck, öffnete er das Schapp mit den persönlichen Dingen. Reisepaß, Scheckkarten, Bootsführerschein – er ließ alles in dem Fach liegen. Eine Weile dachte er daran, wenigstens etwas Bargeld einzustecken. »Besser nicht«, ermahnte er sich.

Die Garnelen waren inzwischen an der Unterseite goldbraun, teilweise auch schon schwarz angebraten. Mit dem

Bootshaken, den er vom Kajütenaufbau gelöst hatte, brachte Klesse den Gaskocher in eine derart starke Pendelbewegung, daß schließlich das siedende Öl über den Rand der Pfanne schwappte. Es zischte, qualmte und roch nach verbrannten Garnelen. Doch erst als Klesse mit einer Seekarte eine Verbindung zwischen dem Öl und der Gasflamme hergestellt hatte, begann es in der Kombüse zu brennen.

Die Flamme fraß sich in das Kochbuch, sprang von der Anrichte an die Vorhänge und von dort zu den Sitzpolstern.

Und wenn ich Marga einfach schlafen ließe? Es war nur so ein Gedanke, der aufblitzte und den Klesse aber sofort wieder unterdrückte. »Feuer! Feuer!« schrie er, riß die Schlafende aus der Koje und trug sie, während sie strampelte und um sich schlug, zum Deck hoch.

»Was . . . was soll . . . ?«

Wortlos stieß Klesse seine Frau über Bord, dann sprang er hinterher. Als er auftauchte, planschte Marga unkontrolliert neben ihm. »Bist du verrückt!« schrie sie ihn an, verstummte aber, als sie die brennende Jacht erblickte. Durch das Öffnen der Kabinentür hatten die Flammen neue Nahrung gekriegt. Sie züngelten bereits durch die Bullaugen der Kajüte.

»Keine Gefahr – jetzt nicht mehr!« keuchte Klesse beruhigend.

»Ich hab Wasser geschluckt. Ich kann nicht.«

Er deutete auf die Küste. »Du schaffst es, ich helfe dir.«

Nach etwa zehn Minuten hörten sie eine Explosion. »Die Gasflasche«, erklärte er. »Vielleicht sind jetzt die Fischer aufmerksam geworden.«

»Hier wohnen keine Fischer. Die Häuser an der Küste gehören Fremden, die sich hier niedergelassen haben.« Wie immer wußte Marga alles besser. Selbst in dieser Situation.

Sie erreichten die Küste, atemlos blieben sie liegen. Der Strand war nur ein schmaler, aus vulkanischen Gesteinsbrocken bestehender Streifen, dahinter ging es steil hoch. Ein paar Häuser hoben sich gegen den Himmel ab. Auf angeschwemmten Ästen, die den gebleichten Knochen von Ungeheuern glichen, saßen Seevögel; Menschen waren nicht zu sehen.

»Wie ist das überhaupt passiert?« wollte Marga nach einer Weile wissen.

»Das heiße Öl«, antwortete er. »Ich war gerade an Deck, der Anker hatte sich gelöst, als eine ungewöhnlich hohe Welle heranrollte. Das Öl muß übergeschwappt sein und sich an der Gasflamme entzündet haben. Das Feuer griff rasend schnell um sich. Mein erster Impuls war, über Bord zu springen. Doch dann bin ich zu dir . . .«

»Du hast also dein Leben riskiert, um mich herauszuholen«, stellte sie fest. »Danke!«

Klesse blickte zur Seite. Doch die steile Falte über der Nase und ihren nachdenklichen Mund konnte er sich sehr genau vorstellen, als sie hinzufügte: »Seltsam nur, daß ich so fest geschlafen habe.«

Er zuckte die Achseln. »Ruh dich aus, ich hole Hilfe.«

»Nein, nicht eine Minute bleibe ich hier allein.«

»Dann komm.« Er fand, daß ihr verstörtes Gesicht und die angeklatschte Unterwäsche die Situation verdeutlichen würden. Hand in Hand stolperten sie auf das erste Haus zu.

Der Besitzer, ein Deutscher, hieß Paul Dormann, war kahlköpfig und wohl an die zwanzig Jahre älter als Klesse. Dormann hatte einen schwarzgrauen Vollbart und wasserblaue Augen. Er stellte keine Fragen, schien nicht mal sonderlich überrascht zu sein. Er bot seinen Besuchern eine heiße Dusche, etwas zu essen und zu trinken, Kleidung sowie ein Nachtlager an.

»Das ist furchtbar nett«, sagte Klesse. »Haben Sie ein Telefon? Ich muß die Polizei benachrichtigen, es ist wegen der Versicherung.«

Das habe Zeit bis zum Morgen, entgegnete Dormann. »Kein Telefon, kein Handy, kein Fernsehen.« Er bewegte sich zum Fenster, wo ein Fernglas hing, drehte sich um und fragte: »Der Fall ist doch völlig klar, oder?«

Klesse nickte.

In der Nacht schlief er schlecht. Immer wieder ging er in Gedanken die Sätze durch, die er bei der Polizei zu Protokoll geben wollte.

Es lief alles glatt am anderen Morgen auf der Polizeiwache. Nicht zuletzt deswegen, weil Dormann sich als Dolmetscher betätigte.

Der Polizist, der das Protokoll anfertigte, kannte Dormann. *Si, si,* betonte er, der *tedesco,* der sich vor vielen Jahren auf Ischia niedergelassen hatte, sei ein *amico.* Und Klesse erfuhr, daß Dormann, der sich durch Schwimmen und Tauchen in Form hielt, der vormittags las oder malte und die Nachmittage damit verbrachte, sein Italienisch zu verbessern, daß dieser Ausländer auf der Insel sehr beliebt war.

Wenn Signore Dormann den Hergang so bestätige, sagte

der Polizist am Schluß, dann habe alles seine Richtigkeit. *»Bene e arrivederci!«*

»Wie können wir das wiedergutmachen?« fragte Klesse zum Abschied.

»Ach«, wehrte Dormann ab. »Landsleute müssen sich doch helfen, oder?«

Marga bedankte sich für die Hilfe und die Gastfreundschaft mit einem Kuß auf Dormanns Wange. Richtig nett sah sie aus in seinem langen Herrenhemd. Die Männer schüttelten sich die Hände. Verdammt harter Händedruck für einen Kerl in seinem Alter, dachte Klesse.

Er und Marga zogen in ein von Dormann empfohlenes Hotel. Während sie darauf warteten, daß die Geldüberweisung und die provisorischen Papiere eintrafen, erkundeten sie die Insel. Sie besichtigten die Festung Aragonese und die Gruften, in denen die Nonnen, wie Marga wußte, einst Stunden über den Tod meditiert hatten, während nebenan in gemauerten Sesseln die verstorbenen Ordensschwestern in hockender Stellung langsam verwesten. Schauergeschichten. Klesse interessierte sich mehr für den einheimischen Wein und für die lokalen Küchenrezepte, in denen die speziell gezüchteten Grubenkaninchen eine Rolle spielten. Ob Thermalbäder oder Touristen, Marga kannte alle Zahlen. Sie wußte, daß die Insel rund fünfundvierzig Quadratkilometer groß und der Monte Epomeo 790 Meter hoch war. Sie hätte ihr Wissen noch gern eine Weile zur Schau gestellt, doch Klesse zog es nach Hause. Schließlich mußte ja noch etwas geregelt werden.

Die Versicherung war mißtrauisch, zahlte aber letztlich doch. Von dem Geld kaufte sich Klesse eine neue Segeljacht, deren Rumpf aus glasfaserverstärktem Kunststoff bestand, die pflegeleichter und etwas kleiner als die alte Nina war. Da die Versicherung vom offiziellen Wert der abgebrannten Holzjacht ausgegangen war, blieb von der Schadenssumme sogar noch ein beträchtlicher Rest übrig. Und der würde, so freute sich Klesse, für einen ausgedehnten Urlaubstörn mit dem neuen Boot reichen.

Der zweite Törn

Knapp ein Jahr war seit dem Brand vergangen. Wenn Klesse hin und wieder auf den Vorfall zu sprechen kam, winkte Marga ab.

Klesse wähnte schon die gute alte Zeit gekommen, tagsüber mit Freunden an Bord, abends Besuche in Schlemmerrestaurants und anderen Lokalen.

»Ich muß das neue Boot ausprobieren«, sagte er eines Abends ganz nebenbei. »Ein kleiner Törn nach Capri.«

»Capri?« Marga rümpfte die Nase. »Capri, das ist Fünfzigerjahre.« Das war so ihre Art. Strenge Erziehung war Vierzigerjahre, daß die Kleinkinder mit Spinat nach ihren Eltern warfen, war frühe Siebziger, und Ehemänner, die allein auf eine Vergnügungstour gingen, das war für sie das Allerletzte. Sie sagte: »Ich komme mit.«

»Aber?« Klesse war verdutzt. »Aber ich dachte, nach dem, was auf der Nina geschehen ist, würdest du deinen Fuß nie wieder auf eine Bootsplanke setzen.«

»So war es, doch ich habe mich beraten lassen, von einem Psychologen.« Marga sagte, daß der Unfall bei ihr ein Trauma hinterlassen habe.

Trauma? Früher sprachen die Leute von einem Abenteuer, wenn sie eine gefährliche Sache überstanden hatten, entweder prahlten sie anschließend damit, oder sie ließen fortan die Finger von ähnlich riskanten Dingen.

»Aber ich dachte ...?« versuchte es Klesse noch einmal, unterbrach sich aber sogleich, als er sah, daß Marga keinen Widerspruch zuließ.

»Wolfram Klesse, setzen. Sechs!« drückte ihr Gesicht aus und dann legte sie los. Sie referierte über posttraumatische Belastungsstörungen und daß die Erinnerungen sie nicht mehr losließen und daß sie in manchen Nächten an der Schlafzimmerwand die brennende Jacht sehen würde und daß sie, sollte es ihr nicht gelingen, das Trauma zu überwinden, daß sie dann, wohl oder übel, den Schuldienst aufgeben müsse.

Marga den ganzen Tag zu Hause, nicht auszudenken! Klesse sog hörbar die Luft ein. »Und wie ...?«

»Um ein Trauma zu bewältigen, muß man genau an den Ort zurückkehren, an dem es zu der seelischen Erschütterung gekommen ist.«

Klesse war drauf und dran, mit der Faust auf den Tisch zu schlagen, dann hätte sie ihre Erschütterung, wiederholte dann aber nur seine angefangene Frage: »Und wie? Ich meine, was genau soll das heißen?«

»Das heißt, ganz präzise, unser Törn geht nach Ischia.«

Unser Törn, na schön, dachte Klesse. Vielleicht überrascht uns ja im Golf von Neapel ein Sommergewitter, vielleicht kommt eine große Welle, wenn Marga auf dem Vorschiff steht und das Segel setzt. Abwarten. Die See, so heißt es doch, birgt viele Gefahren.

Pock! Pock! Ein Tier wollte herein. Ein Seeungeheuer. Klesse schreckte in seiner Koje hoch. Es war dämmerig um ihn herum. Er versuchte sich zu erinnern, was ihn geweckt hatte. Ach ja, ein klopfendes Geräusch am Kiel. Doch jetzt war es wieder still. Er fühlte sich benommen, er hatte zu tief geschlafen. Der lange Tag auf dem Wasser, die viele Sonne und dann noch das Streitgespräch mit Marga, die unbedingt in dieser Bucht nahe der Unglücksstelle ankern wollte. Es wurde wirklich Zeit, daß er sich von ihr trennte.

Aber wie? Elegant mußte es sein. Und wo? Am besten weit draußen, wo es keine Zeugen gab. Ein Plan mußte her. Wasserdicht mußte der sein. Wasserdicht? Komisch! Klesse wischte sich über die schweißnasse Stirn, er konnte sich nicht konzentrieren. Irgend etwas schien mit seinem Kopf nicht zu stimmen. Er hörte schon wieder Geräusche. Diesmal war es ein Gurgeln und ein Schaben, das von der Ankerkette stammte. Kein Zweifel, die Jacht trieb.

Mit einem Satz sprang er aus der Koje, hin zu Tür. Sie ließ sich nicht öffnen. Erst jetzt bemerkte er, daß er bis zu den Knöcheln im Wasser stand. Das Schiff hatte ein Leck. Er mußte raus, sofort. Ein tapsendes Geräusch über ihm. Klesse blickte nach oben. Durch das Plexiglas der Oberluke sah er Margas Gesicht, streng und voller Verachtung. Sie hielt etwas in der Hand, winkte damit. Es war ein Schlüssel, der Schlüssel zur Kabinentür. Lehrerin Marga wollte ihm angst machen: Wolfram Klesse, Strafarbeit. Setzen!

Setzen, wie lange? So lange wie die Nonnen in den Gruften? Als Klesse wie ein kleiner Junge die Hände hob und seine Lippen das Wort »bitte« formten, warf sie den Schlüssel hinter sich. Entschlossen und mit einem Lächeln, so wie man ein Hufeisen hinter sich wirft, damit es Glück bringt. Glück für wen? Was wurde hier gespielt?

Neben Margas Schultern erschien ein kantiger Kopf mit Vollbart. Dormann! Um seinen Hals baumelte eine Tauchermaske. Hatte sich der Kerl am Anker zu schaffen gemacht und vorher womöglich den Bootsrumpf beschädigt? Das war kein Spiel mehr! Nein, hier ging es nicht um die Bewältigung eines Traumas. Alles nur Psychogequatsche. Klesse war in eine Falle getappt.

Oberluke und Seitenfenster waren zu eng, um sich durchzuzwängen. Klesse begann gegen die Tür zu hämmern, er warf sich mit der Schulter dagegen. Doch die Tür war sehr stabil. Das Wasser umspülte bereits seine Waden. Er stieg auf die Koje, schraubte das Seitenfenster auf. Durch einen Spalt konnte er nun sehen, wie Marga und Dormann in ein Schlauchboot stiegen, das mit Taucherflaschen beladen war.

Ein Außenborder wurde angeworfen. Das Geräusch entfernte sich. Kein Zweifel, die beiden wollten ihn tatsächlich auf der sinkenden, langsam zur Bucht hinaustreibenden Jacht zurücklassen. Die Lebensversicherung auf Gegenseitigkeit, durchfuhr es Klesse. Verdammt, sie war ihm zuvorgekommen!

In Panik riß er das Seitenfenster vollends auf. Gischt schlug ihm ins Gesicht. »Hilfe! Hilfe!« schrie er dem Schlauchboot nach.

Wolfram Klesse schrie und schrie, bis sein Schreien fast nur noch ein Jaulen war.

Ursula Curtiss
Die richtige Perspektive

Nichts hätte weniger bedrohlich scheinen können als die erste der Begebenheiten, die in jenem Juni in Earlsgate Crescent die Klatschmäuler in Bewegung setzten. Es war schlicht und einfach der Anblick Jason Willoughbys, wie er eines Abends den Müll zum rauchlosen Brenner hinter dem Haus hinaustrug. Einmalig ja; Betsy Gifford, die dieses Phänomen gewahrte, erklärte, sie wäre völlig baff gewesen; ebensogut hätte er nackt um einen Maibaum tanzen können.

Weil Jason Willoughby nämlich einfach nicht der Mann war, der den Müll hinaustrug – oder den Wagen wusch oder schwere Einkaufstüten schleppte oder in dem kleinen Gemüsegarten auch nur einen Finger krumm machte; er hatte schließlich eine liebende Gattin, die das alles für ihn tat. Ihn egoistisch und anspruchsvoll zu nennen war ungefähr so, als bezeichnete man einen Orkan als rauhes Lüftchen.

Selbst die anderen Ehemänner von Earlsgate Crescent, von denen man hätte erwarten können, daß sie ihm, wie verstohlen auch immer, Beifall zollten, zeigten Mißbilligung. Übermäßiger Egoismus mußte schon durch einen umwerfenden Charme ausgeglichen werden, wenn er überhaupt geduldet werden sollte, doch Jason Willoughby – ein gutaussehender Fünfunddreißiger – schaffte es im gesellschaftlichen Beisammensein mit den Nachbarn immer, den Eindruck zu erwecken, er löse lediglich ein impulsiv und unüberlegt gegebenes Versprechen ein.

Andererseits mochten alle Margaret Willoughby – außer

Charles Hunt, der sie liebte. Es war ihm gelungen, das geheimzuhalten, indem er ihr nicht aus dem Weg ging und brav die jungen Mädchen ausführte, die ihm von wohlmeinenden älteren Damen aufgedrängt wurden. Die Mädchen waren häufig attraktiv, aber keine hatte Margarets schöne, kurzsichtige graublaue Augen mit den unverkennbar zweiunddreißig Jahre alten kleinen Fältchen an den Winkeln, keine konnte ihre inbrünstige und ganz an die falsche Adresse gerichtete Hingabe vorweisen. Die jungen Mädchen waren geschickt und fingerfertig; nie sah man sie bepflastert oder bandagiert. Warum er die unfallgefährdete Margaret so liebenswert fand, hätte Charles nicht sagen können, es war einfach so.

Es lief auf eine ganz einfache Formel hinaus: Margaret liebte Jason, Charles liebte Margaret, Jason liebte Jason – und da ließ sich Jason plötzlich dazu herab, niedere Arbeiten zu verrichten!

Warum?

Die Nachbarn stellten alle möglichen Mutmaßungen an, besonders an dem Samstag, als man Jason beim Autowaschen sah.

Betsy Gifford sagte: »Vielleicht hat Margaret einen Haufen Geld geerbt. Da würde ihm das Herz bestimmt schneller schlagen.«

Dr. J. Hughes Foster, der Geburtshelfer war und zu einer gewissen Eingleisigkeit neigte, erklärte: »Es liegt auf der Hand. Sie ist schwanger.«

Doch diese beiden Theorien waren schnell widerlegt. Margarets Eltern waren tot, und sie war ein Einzelkind. Es war niemand da, der ihr Geld hätte hinterlassen können. Betsy Gifford, die im November ein Kind erwartete, klopfte vorsichtig auf den Busch und erfuhr, daß Margaret nicht schwanger war.

»Vielleicht«, sagte eine neu zugezogene junge Nachbarin, die noch Illusionen hatte, »ist Mr. Willoughby einfach – äh – in sich gegangen und hat beschlossen, sich zu ändern.«

»Jason Willoughby in sich gehen«, sagte Charles' Wirtin schneidend, »daß ich nicht lache. Da ist doch nichts, wohin er gehen kann.«

Anfang Juni wandte sich die allgemeine Aufmerksamkeit anderen Dingen zu. Der junge Van Buren, der früher bei den Pfadfindern gewesen war, kam nach seinem ersten Jahr auf dem College und einem Besuch bei Verwandten im Südwesten mit strähnigem, langem Haar, zerrissenen Jeans, der irritierenden Angewohnheit, beim Sprechen mit den Schultern zu zucken und den Fingern zu schnalzen, und einer weiblichen Gefährtin mit großen nackten Füßen und einer Brille, die ihr das Aussehen einer Eule gab, zurück.

Charles erlebte einen kurzen Moment der Belustigung, als er sich das Mädchen in Reifröcken vorstellte, aber schon kehrte er zu dem Verdacht zurück, der ihn mit Angst und Schrecken erfüllte. Margaret *schien* gesund zu sein, braungebrannt, wenn auch ein bißchen schmäler von der vielen Gartenarbeit, aber angenommen –

Nein, Jason Willoughby war kein Ungeheuer. Wenn Margaret beim Arzt gewesen war und etwas Schlimmes erfahren hatte, würde wohl selbst ein Egoist wie Jason seine Gewohnheiten ändern. O Gott, dachte Charles, während er zusah, wie Jason mit den ungeschickten Bewegungen des Unerfahrenen Tomatenpflanzen hochband, ja, das muß es sein.

Er lauerte ihr auf, denn dies war ein Gebiet, wo er seine Garantien aus erster Hand haben wollte. Seine Wohnung war drei Häuser von dem der Willoughbys entfernt, und als Schriftsteller genoß er den Vorteil, ständig zu Hause sein zu können. Er war auch an dem gewitterdunklen Nachmittag da, als Margaret vorüberfuhr. Erst dachte er, sie hätte einen Mitfahrer neben sich; dann erkannte er, daß es ein großer Haufen Kleider von der Reinigung war.

Er schoß aus seiner Wohnung heraus, legte den restlichen Weg lässig schlendernd zurück und kam gerade in dem Moment zum Wagen, als Margaret hineintauchte, so daß er wie beiläufig sagen konnte: »Kann ich Ihnen was reintragen helfen?«

»Ach, hallo, Charles. Das wäre nett.« Ihr dunkles Haar glänzte selbst in diesem gedämpften, bedrohlichen Licht, das Weiß ihrer Augen leuchtete wie Schnee, als sie ihm einen dankbaren Blick zuwarf. Charles überlegte flüchtig, was sie tun würde, wenn er sie aufforderte, den Mund aufzumachen und die Zunge herauszustrecken. Ihr rechtes Handgelenk war bandagiert wie so häufig, und als spürte sie seine klinische Aufmerksamkeit, sagte sie: »Ich hatte plötzlich nur noch den Griff vom Bügeleisen in der Hand. Ich hab ein riesiges Loch in eines von Jasons guten Hemden gebrannt.«

Natürlich. Jason Willoughby würde sich niemals zu Noiron-Hemden herablassen wie andere Männer. Ihm fiel plötzlich auf, daß die meisten, wenn nicht alle Kleidungsstücke in den glatten, durchsichtigen Plastiksäcken Männersachen waren – hatte er eine Reise vor? Eine längere vielleicht?

Charles dachte noch über diese Möglichkeit nach, als

Margaret die Tür aufsperrte und sagte: »Vielen Dank, legen Sie einfach alles da auf die Couch, ich hänge die Sachen später weg.« Mit einem Blick auf die Uhr fügte sie hinzu: »Jason müßte eigentlich jeden Moment kommen. Sie trinken doch etwas?«

Charles bejahte; er war entschlossen, wenn irgend möglich seine Ängste zu stillen. All die vorsichtigen Manöver, die er geplant hatte, flohen ihm aus dem Gedächtnis, während er zusah, wie Margaret gelassen Eiswürfel und drei Gläser holte, als wäre es – wenn man das dritte Glas einmal vergaß – völlig richtig und natürlich, daß sie in dieser Stunde der Entspannung am Ende eines Arbeitstages allein waren. Entspannung? Er war so starr vor Anstrengung, nicht aufzuspringen, um neben ihr sein zu können, seine Hand auf die ihre zu legen, während sie die Flaschen herunterholte, daß leere Sekunden verstrichen, ehe ihm Margaret wie einen Rettungsring die Frage zuwarf: »Wie geht es Ihrer Schwester?«

Barbara war im Frühjahr zu Besuch dagewesen, und sie und Margaret hatten einander auf Anhieb gemocht.

»Gut. Aber wissen Sie«, behauptete Charles, der ein gewisses Maß an List und Schläue wiedergefunden hatte, »sie war vor kurzem beim Arzt und hat sich wie alljährlich gründlich untersuchen lassen, und jetzt liegt sie mir ständig in den Ohren, daß ich das auch tun soll, obwohl ich ihr versichert habe, daß ich kerngesund bin.«

»Ach, wissen Sie«, meinte Margaret, während sie Scotch einschenkte, »es ist gar nicht so dumm. Natürlich ist es lästig, und umsonst machen es die Ärzte auch nicht, aber Jason hat mich vor einem Monat auch wieder mal zu unserem Hausarzt geschickt, und eigentlich ist es ganz beruhigend zu wissen, daß alles in Ordnung ist und richtig funktioniert.«

Charles hätte am liebsten vor Erleichterung die Augen zugedrückt, war aber froh, daß er es nicht tat. Vor dem Haus wurde eine Autotür zugeschlagen, und Margaret sagte: »Ah, da kommt Jason«, und etwas ganz Ungewöhnliches geschah in ihrem Gesicht; es wirkte wie elektrisiert und – aufgezogen? Als reagiere jeder winzigste Muskel auf einen Befehl, so daß ihre Wangenknochen stärker hervortraten, ihre Augen größer wurden, ihre Haut sich straffte. Es konnte Freude und Erwartung sein; für Charles, der sie nie zuvor erlebt hatte, wenn sie ihren Mann erwartete, sah es unvermeidbar aus wie die Antwort auf eine Herausforderung.

Jason, der seine Jacke nicht von der Schulter nahm, bis Margaret zu ihm eilte und sie auf einen Bügel hängte, begrüßte Charles mit der Herzlichkeit, die er vielleicht einem Versicherungsvertreter am Ende eines langen, heißen, anstrengenden Tages entgegengebracht hätte. Er warf einen scharfen Blick auf den Kleiderberg auf dem Sofa, raffte ihn zusammen und ging damit durch eine Tür. Als er zurückkam, sagte er großzügig zu Charles: »Trinken Sie ruhig aus«, als wäre dies möglicherweise für die nächste Zukunft Charles' letzte Chance auf einen Cocktail.

Charles trank nicht aus. Mission ausgeführt, sagte er sich, als er nach Hause ging. Margaret fehlte nichts, sie hatte sich auf Drängen ihres Mannes gründlich untersuchen lassen. Alles, wie es sein sollte, wieso also hatte er das Gefühl, daß sich in diesem Haus etwas – zusammenbraute?

Instinktiv, beinahe abergläubisch, sah er zum Himmel hinauf. Ein Blitz durchzuckte die nachtdunklen Wolken, beinahe unverzüglich von Donner und den ersten geschoßähnlichen Regentropfen gefolgt. Er blieb tatsächlich mit einem Ruck stehen und drehte sich halb herum, ehe er sich überzeugte, daß er ein nervöser Idiot war, daß in dem ruhigen, hübschen Zimmer nicht soeben etwas explodiert war.

Am Samstag war Jason beim Einkaufen.

Es war zu bezweifeln, daß er im Lauf seiner Ehejahre je auch nur einen Liter Milch gekauft hatte, und Charles, halb verborgen hinter einem Zeitungsständer, beobachtete ihn mit Staunen.

Jason schob sich an den Regalen entlang wie ein Mann auf einem Minenfeld, wobei er seinen Einkaufswagen auf eine Art und Weise vor sich her stieß, die gedrückt und hochmütig zugleich wirkte, Dosen herausgriff und die Etiketten anstarrte, als wären sie in einer fremden Sprache geschrieben. Die Fleischabteilung schien besonders verwirrend, und nachdem er unschlüssig mehrere Päckchen zur Hand genommen und wieder weggelegt hatte, lehnte er sich über die Theke, wohl um sich Rat bei einem der Metzger zu holen.

Nicht ein einziges Mal kam Charles der Gedanke, kühn aus seinem Versteck hervorzutreten und Jason anzusprechen. Er wünschte flüchtig, Sue Cassidy wäre hier, das letzte junge Mädchen, mit dem Betsy Gifford ihn bekannt gemacht hatte. Sue war ein sehr ernsthaftes Mädchen – jedesmal, wenn Charles ihr tief in die samtbraunen Augen sah, war ihm, als blinkten dort kurze Botschaften wie »Haben Sie schon gewählt?« auf –, aber man sah ihr die Ernsthaftigkeit nicht an, und sie hätte Jason sicher eine Erklärung entlocken können.

Jason hatte genug davon, seinen Wagen herumzuschubsen. Er ließ ihn mitten in einem der Gänge stehen, wo er den Weg versperrte, und ging in Richtung zu den Gewürzsaucen und Salatmarinaden davon. Charles schoß mit solcher Geschwindigkeit hinter dem Zeitungsständer hervor, daß er einer Frau mit Lockenwicklern brutal auf den Fuß in der offenen Sandale trat. Er entschuldigte sich der Form halber und machte eine hastige Bestandsaufnahme der Dinge in Jasons Wagen, etwas, das er haßte, wenn andere Leute es bei ihm machten. Pappteller, ein Päckchen Hackfleisch, Hamburgerbrötchen, Senf, saure Gurken – lauter Sachen, die auf ein Picknick schließen ließen.

Aber Jason brachte doch seine Sonntage ausschließlich auf dem Golfplatz zu.

Charles floh einen Gang mit dem merkwürdigen Hinweisschild »Kaffee, Tee, Insektenvernichtungsmittel« hinunter und kaufte an der Kasse eine Sonnenbrille, die beinahe genauso aussah wie Margaret Willoughbys. Zehn Minuten später stand er vor ihr im schattigen Vorgarten und hielt sie ihr hin.

»Ich habe die Brille eben auf dem Bürgersteig gesehen, als ich vorbeifuhr. Das ist doch Ihre, nicht wahr?«

»Nein«, antwortete Margaret sofort. »Ich habe eine auf Rezept, aber trotzdem vielen Dank. Ich bin nämlich blind wie ein Maulwurf, wenn die Entfernung größer als drei Meter ist.«

»Ich schulde Ihnen einen Drink«, sagte Charles und beobachtete dabei ihr Gesicht aufmerksam. »Vielleicht hätten Sie und Jason Lust, morgen gegen Mittag oder so zu mir herüberzukommen?«

»Vielen Dank, aber wir können nicht, Charles, wir fahren

ans Meer.« Ihre Augen glänzten so, daß sie beinahe fiebrig aussahen – war das die Hitze oder Überraschung darüber, daß ihr Mann ausnahmsweise einen Teil seines Wochenendes ihr widmen wollte? »Es soll morgen wieder heiß werden, und die Flut kommt gegen zwei. Wir wollen oben auf den Felsen ein Picknick machen.«

»Na, dann vielleicht nächste Woche«, sagte Charles und fuhr mit seiner falschen Sonnenbrille nach Hause.

»Howie Van Buren und das Mädchen sind nach Kalifornien durchgebrannt«, berichtete seine Hauswirtin, als er das Pfund Butter bei ihr ablieferte, das er auf ihre Bitte für sie besorgt hatte.

»Sie hat die richtigen Füße zum Traubentreten«, versetzte Charles zerstreut. »Ich hab übrigens Jason Willoughby im Laden gesehen.«

»Tatsächlich«, meinte Mrs. Spain vielsagend. »Aber ich glaub, ich weiß inzwischen, was da los ist. Sie wissen doch, daß er am Wochenende nie zu Hause ist? Wenn er nun gar nicht auf dem Golfplatz ist, sondern eine Freundin hat, und Margaret ihm auf die Schliche gekommen ist und gedroht hat, ihn zu verlassen? Er ist ein Mann, dem seine Bequemlichkeit über alles geht, und er würde niemals eine andere Frau finden, die ihn so bedient wie sie. Statt ihr Pralinen und Blumen zu kaufen, macht er sich eben jetzt ein bißchen nützlich. Wenn Sie mich fragen, nimmt dieser Howie Van Buren Marihuana oder was Schlimmeres. Seine arme Mutter hat mir erzählt, sie hätte ihn dabei beobachtet, wie er fünf Minuten lang mit einer Katze sprach.«

»Schlimm wird's erst, wenn sie die Katze antworten hört«, sagte Charles.

Ironischerweise fühlte er sich beinahe erleichtert von

Mrs. Spains Erklärung für Jason Willoughbys ungewohntes Verhalten. Ein so selbstsüchtiger Mensch würde sich durch den möglichen Verlust einer so unermüdlichen, hingebungsvollen Ehefrau in der Tat bedroht fühlen und vielleicht wirklich hoffen, er könne sie zurückgewinnen, indem er ihm bisher völlig fremde Arbeiten wie Tomatensetzen, Autowaschen und Einkaufen auf sich nahm.

Und er, Charles, hatte geglaubt – er war jetzt fähig, es sich einzugestehen –, daß etwas Entsetzliches in der Luft gelegen hatte, etwas, das Margarets Leben bedrohte.

Am Sonntag war es, wie vorhergesagt, wieder heiß. Charles rief Sue Cassidy an und schlug einen Ausflug ans Meer vor, weil in einer solchen Umgebung zwei Leute irgendwie weniger auffällig waren als ein Mann allein. Er fühlte sich von allen Schuldgefühlen befreit, als Sue, atemberaubend in einem erdbeerroten Strandkleid, das aussah, als hätte sie überhaupt nichts darunter, vor dem Ausflug unbedingt noch bei drei Supermärkten vorbeifahren mußte, um an den Informationsständen dort politische Flugblätter abzugeben.

»Boyd ist genau der richtige Mann für den dritten Distrikt«, erklärte sie, und Charles sagte mit dem kernigen Nachdruck des Nichtzuhörers: »Gut. Wunderbar.«

Im Lauf der Nacht nämlich hatte er sich die Kehrseite der Medaille angesehen. Wenn Jason Willoughby tatsächlich außereheliche Interessen hatte und Margaret ihm auf die Schliche gekommen war, würde sie eine Scheidung so entschieden ablehnen wie eine Mutter eine Anstalt für ihr zurückgebliebenes Kind. Was sie für ihn empfand, war jetzt vielleicht nicht mehr Liebe, sondern feste, ungesunde Gewohnheit, aus der sie sich allein nicht befreien konnte. Auf jeden Fall würde sie bei einer Affäre ihres Mannes mit stoischer Ruhe deren Ende abwarten – aber was, wenn Jason nicht wollte, daß sie wartete?

Margaret hatte einen Hang zu Unfällen aller Art, das wußte jeder. Ihre Freunde würden es mit Bestürzung, aber nicht Ungläubigkeit zur Kenntnis nehmen, wenn sie erfuhren, daß Margaret zu weit hinausgeschwommen war oder auf einem der gewaltigen Felsen, die wie ein angewinkelter Arm in den Sund hinausragten, ausgerutscht und eine tödliche Kopfverletzung erlitten hatte.

Aber warum dann all das Vorangegangene?

Beinahe hätte Charles das erfaßt, als er in den Stunden vor Morgengrauen schweißfeucht erwacht war, tief erschreckt über ein undenkbares Muster, das man ganz klar sehen konnte, wenn man es nur aus der richtigen Perspektive betrachtete. Nicht Geld, nicht materieller Gewinn … Eine Zigarette hatte es nur noch mehr verfließen lassen, und am Morgen hatte er überhaupt keinen Anhaltspunkt mehr gehabt, außer der Gewißheit, daß er hier am Meer sein mußte, weil er sicher war, daß Jason seine Vorbereitungen abgeschlossen hatte.

Ahnte Margaret etwas? Ging sie halb willentlich in ihr eigenes Verderben?

»Warum sind wir hier auf die Seite gefahren?« fragte Sue verstimmt, während sie, dem zielstrebigen Charles hinterherlaufend, über einen kleinen Krebs stieg. »Wir brauchen nicht zu grillen, ich habe Brote mitgebracht.«

Da am Strand selbst Feuer nicht erlaubt waren, waren die Felsen zum großen Teil von Familien bevölkert, die mit ihrem Mittagessen und ihren Kindern beschäftigt waren.

Man rieb sich ein, man klopfte den kleinen Kindern auf die Finger, wenn sie ein Marshmallow stibitzen wollten, ehe man mit dem Ritual des Röstens begonnen hatte; immer wieder mußte man Streitereien unter den Kindern schlichten, die von der Hitze quengelig waren, mußte die älteren ermahnen, auf die jüngeren achtzugeben, wenn sie zu dem kleinen Halbmond von Sand unterhalb des Felsens hinunterkletterten. »Schaut her! Schaut her!« schrien von dort unten die Kinder zu den Erwachsenen hinauf und machten im seichten Wasser Handstände.

All diese Bilder hatte Charles vor sich, während er so tat, als hörte er Sue gar nicht. Er blickte zum Felsarm hinaus, sah ein einsames Feuer, um das sich keiner kümmerte, wurde von einer Furcht gepackt, daß ihm richtig das Herz weh tat. (Margaret zu Jason: »Charles wollte uns auf einen Drink einladen, aber ich hab ihm gesagt, daß wir am Meer Mittag essen wollen.« Jason, unbekümmert, während der Morgen voranschritt: »Warum fahren wir nicht jetzt gleich?«)

Sue und ihre Flugblätter ... Und dann, gerade als Charles das Gefühl hatte, nicht mehr atmen zu können, Margarets weißbemützter Kopf im Wasser, beinahe draußen an der Felsspitze. Unerklärlich, es sei denn, er wäre die ganze Zeit dort im Sonnengefunkel gewesen, tauchte weiter draußen ein Schwimmer auf, ein Mann mit beigefarbener Kappe und dunkler Taucherbrille, der niemals so weit hätte hinausschwimmen dürfen; seine Armzüge waren schwach und hastig.

Ganz anders als Jasons kraftvoller Kraulstil.

Der Mann mit der beigefarbenen Mütze hatte seine gefährliche Lage offenbar erkannt, und Margaret ebenfalls;

als der Kopf mit der dunklen Taucherbrille kurz verschwand, machte sie kehrt und schwamm ihm nach. Kräftig durchschnitten ihre Arme den silbernen Glanz des Wassers.

Der Glanz ...

»Ich bin blind wie ein Maulwurf, wenn die Entfernung mehr als drei Meter beträgt ...«

Sue mußte vorwurfsvoll etwas von einem harten Ei gesagt haben, doch Charles registrierte und verwarf es erst, als er nach einem flachen Kopfsprung aus vollem Lauf wieder auftauchte. Obwohl er sich bemühte, an nichts anderes zu denken als an seinen Atem und die Bewegung seiner Arme und Beine, schoß ihm der Gedanke durch den Kopf, daß ein Mann, der seit Wochen geplant hatte, seine Frau umzubringen, die Befürchtung haben könnte, sein Opfer würde ihn im Wasser meiden.

Jeden Sommer gab es tödliche Unfälle, wenn in Panik geratene Schwimmer ihre Retter in die Tiefe zogen. Man legt Mütze und Taucherbrille ab, tut so, als käme man zu spät, die Ehefrau zu retten, gibt sich den Anschein, als suche man wütend und verzweifelt nach dem Fremden, der an ihrem Tod schuld war ...

Charles' Lunge schmerzte, die Luft schmeckte buchstäblich süß, wenn er sie hastig einzog. Er umrundete die Felsspitze und stieß auf Jason. Die Hand fest in eine Felsspalte gestemmt, drückte er Margaret geduldig mit der ganzen Kraft seines Beins an glitschigen Fels und unter Wasser.

Obwohl Jasons gekrümmte Körperhaltung volle Anspannung zeigte, wirkte er in seinem Verhalten ruhig, ein Mann, der von den Blicken einiger Möwen nichts zu fürchten hatte. Ein Fischkutter war nicht mehr als eine kaum zu erkennende Silhouette am Horizont, und der böige Wind und das Brodeln der Brandung hier füllten seine Ohren, so daß er nichts anderes hörte.

Charles trat Wasser, füllte nochmals seine Lunge bis zum Bersten, schlug mit einem Unterarm mit aller Kraft, die er aufbieten konnte, gegen Jasons Kehle, stieß heftig zu und tauchte nach Margaret. Eine Hand dort eingestemmt, wo zuvor Jason die seine eingestemmt hatte, mußte er sie fest zwischen die Schulterblätter schlagen, ehe sie Wasser zu spucken und nach Luft zu schnappen begann.

Jason war wieder aufgetaucht. »Das wäre beinahe schiefgegangen«, stieß er atemlos hervor. »Ich –«

Charles rang immer noch nach Luft, doch er schaffte es zu sagen: »Wenn Sie ihr noch einmal in die Nähe kommen, bringe ich Sie um.«

Er sah Jason nicht nach, als dieser davonschwamm – mit was für einer Geschichte? Charles fand einen Felsvorsprung, an dem er sich festhalten konnte, und schob Margarets Hand in die Spalte, wo die seine gewesen war, weil sie beide im Augenblick noch nicht versuchen konnten, zum Land zurückzuschwimmen.

Nach einer Weile sagte Margaret: »Er war so – die letzten Wochen – ich glaube, er ist verrückt.«

Verrückt? Charles hielt es für klüger, sich den Atem zu sparen. Später würde Margaret von allein das schreckliche Muster erkennen, das sich ihm in der Nacht beinahe gezeigt hatte; jetzt war nicht der rechte Moment.

Der Glanz des Wassers, der ihn plötzlich an die glänzenden Plastiksäcke der Reinigung auf dem Sofa im Haus der Willoughbys erinnerte, hatte ihm vor Minuten mit einem Schlag die Erleuchtung gebracht. Jasons gesamte Garderobe frisch gereinigt. Seine plötzliche Beschäftigung mit

häuslichen Arbeiten. Er konnte sich nicht sofort wieder verheiraten, ohne zu Gerede und Argwohn Anlaß zu geben;
er würde eine angemessene Trauerzeit verstreichen lassen
müssen.

Jason Willoughby, dem die eigene Bequemlichkeit so
wichtig war wie einem anderen vielleicht seine Religion,
hatte sich auf ein Dasein als Witwer vorbereitet.

Carsten Klemann
Der Traum ihres Lebens

Verzückt schritt Claire auf das Wasser zu. Kurz vor dem Ufer bückte sie sich und zog ihre Schuhe aus. Dann nahm sie Platz auf ein paar Steinen und badete ihre Füße. Sie schaute über die endlose, im Nachmittagslicht strahlende Fläche des Luganer Sees. Straßen, die nach Süden führten, schlängelten sich an den grünen Küstenhängen, Kirchturmspitzen und schmucke Ortschaften säumten das Panorama. Seit zwei Monaten hatte Claire keinen einzigen freien Tag gehabt. Konzentriert auf ihr großes Ziel, gab es für sie keine Chance, ihre neue Heimat zu genießen. Doch jetzt durchströmte sie die Atmosphäre und weckte ein erhabenes Glücksgefühl.

Claire kam aus dem Norden. In trüben Nächten hatte der Wunsch von ihr Besitz ergriffen, nicht ihr ganzes Leben in einer frostigen Großstadt zu fristen. Es gab beschwingtere Welten, die besser zu ihr paßten, und bald war der Plan gefaßt: Den Job als Köchin in einem renommierten Hotelrestaurant kündigen und ein eigenes Lokal am Luganer See eröffnen. Morgen sollten dort nach endlosen Renovierungsarbeiten, die Claire zum großen Teil selbst erledigt hatte, die ersten Gäste empfangen werden.

Claire schlief ausgezeichnet in dieser Nacht. Am Vormittag kaufte sie auf dem Markt frisches Gemüse. Die Gerichte auf ihrer Karte sollten zwar nicht hochgestochen sein, aber aus bester Rohware bestehen. Mit Freuden gab sie das Geld aus der Erbschaft aus, die zehn Jahre fast unberührt auf ihrem Konto gelegen hatte. So stand edles Ledergestühl ganz in Schwarz in ihrem Bistro bereit. Blankgeputzte Holzdielen und geschmackvolle Landschaftsbilder an den Wänden sollten die Gäste bereits vor dem Essen frohlocken lassen.

Am frühen Nachmittag trafen der Kellner und die Küchenhilfe ein, die sie eingestellt hatte. Noch eine halbe Stunde bis zur Öffnung! Nun konnte Claire keine Minute mehr stillstehen, sie zupfte an Servietten und rückte Tischtücher zurecht, die längst perfekt lagen. Eine Stunde später, noch kein Tisch war besetzt, legte sich ihre Aufregung. Claire genehmigte sich einen Schluck ihres Hausweins, ihre Angestellten lasen in Zeitungen. Um Punkt 19 Uhr 17 öffnete sich die Tür des Bistros und ein gut gekleidetes Ehepaar trat ein. Als sie Platz genommen hatten und Claire ihnen die Speisekarte erklärte, kamen bereits die nächsten Gäste – eine Vierergruppe.

Zu späterer Stunde war über die Hälfte der Tische besetzt. Ein guter Anfang für ein Lokal, das bisher niemand gekannt hatte. Das rege Geplauder der Gäste und ihr langes Verweilen zeigten, wie wohl sie sich fühlten. »Eine so ausgezeichnete Bachforelle habe ich selten gegessen«, lobte eine Dame, die wie eine Feinschmeckerin wirkte. Auch die anderen sparten nicht mit Komplimenten und Trinkgeldern. Um zwei Uhr Morgens sank Claire total erschöpft, aber selig ins Bett.

Die nächsten Abende sollten halten, was der erste versprochen hatte. Nicht selten warteten Besucher geduldig im Vorraum, bis ein Platz für sie frei wurde. Claire wußte inzwischen, bei welchen Bauernhöfen sie das beste Gemüse erstehen konnte. Sorgsam suchte sie sich ihre Fisch- und Fleischlieferanten aus und prüfte unablässig die Qualität. Die Begeisterung der Gäste über vollmundige Genüsse bei moderaten Preisen stachelte ihren Ehrgeiz an. Daß eine Soße gut schmeckte, genügte ihr nicht. Claire probierte so lange herum, bis sie eine unverwechselbare Note bekam.

Am Monatsende, als sie sich zum ersten Mal um die Buchhaltung kümmerte, traf sie fast der Schlag. Obwohl ihr Bistro kaum besser ausgelastet werden konnte, warf es keinen Gewinn ab. Die Einkünfte reichten knapp für die Unkosten. Ihren eigenen Lebensunterhalt mußte Claire weiterhin aus dem Erbe bestreiten. Doch es war nur noch wenig übrig. Dabei brauchte sie dringend einen weiteren Angestellten. Niedergeschlagen ging Claire zum See und dachte daran, daß sie bisher nur einmal an seinem Ufer gesessen hatte. Seit der Eröffnung des Lokals schuftete sie mehr als irgendwann sonst in ihrem Leben. Tabletts schleppen, Bestellungen aufnehmen, Fleisch hauen und die Küche schrubben – daraus bestanden ihre Tage.

Im Bistro ordnete sie die Tische neu an, so daß zwei weitere Platz fanden. Auch hielt sie ihr Lokal montags nicht mehr geschlossen. Trotzdem verzeichnete sie bei der nächsten Abrechnung ein Minus. Erschöpfung vernebelte ihr Hirn, und sie wußte, daß ihr jeder Arzt sofort eine Erholungskur verschreiben würde.

Spät eines Abends, der letzte Gast war gerade gegangen, sagte Kellner Pascal zu ihr: »Sie machen alles falsch.«

Ungläubig betrachtete Claire den Mann, der ihr schon bei der Einstellung unsympathisch gewesen war. Vielleicht wegen der selbstgefälligen Art, mit der er gern an seinem Ohrläppchen zupfte. Fachlich übertraf er aber alle anderen Bewerber, und deshalb hatte sie ihn genommen.

»Worüber, bitte, sprechen Sie?« fragte Claire kühl.

»So führt man kein modernes Restaurant! Alle Speisen

frisch zubereiten ... überteuerte Ware von Kleinhändlern beziehen ... Und das alles bei viel zu billigen Getränkepreisen.«

Claire zog spöttisch die Brauen hoch, doch tatsächlich hatten die Worte des Kellners ihren wunden Punkt getroffen. »Und Sie wissen also, wie man es besser macht?«

»Allerdings. Die meisten Gerichte sollten vorgekocht von Firmen angeliefert und nur noch aufgewärmt werden. Ansonsten sollten wir konservierte Waren mit Rabatt einkaufen. Ich habe mehr Geld auf meinem Konto, als Sie vielleicht erwarten, und mache Ihnen einen Vorschlag: Ich werde Ihr Teilhaber. Dafür helfe ich finanziell und mit meinem Knowhow, den Laden vor dem Untergang zu bewahren.«

Noch am selben Abend unterzeichneten die beiden eine Abmachung in zwei Ausfertigungen, die beizeiten notariell besiegelt werden sollte: Pascal stellte eine beträchtliche Summe zu Verfügung, die über ein Jahr die Hälfte aller Unkosten deckte. Dafür sollte er gleichberechtigter Geschäftsinhaber werden. Claire zögerte nur kurz, diesen Passus zu unterschreiben. Viel zu sehr wünschte sie, sich nicht mehr so ausgebrannt zu fühlen.

Schweißtreibende Schufterei gab es in der Küche fortan nicht mehr. Pascal schaffte Mikrowellengeräte an, die die Arbeit fast von selbst erledigten. Zweimal pro Woche hielt ein Lieferwagen im Innenhof, der eingeschweißte Filets und Gemüse brachte: Fix und fertig mit Soßen und Gewürzen. Die Gäste mußten nur kurz auf ihre Gerichte warten. Dafür wurden ihre Tische rasch für neue Kunden frei. Tollkühn entschied Pascal, einen weiteren Kellner einzustellen. Der nächste Kassensturz gab ihm recht: Die Zahl der abgefertigten Esser hatte sich vervierfacht, das Guthaben auf dem Geschäftskonto schoss in die Höhe.

Am Montag wurde das Lokal wieder geschlossen gehalten. Claire durchstreifte dann entspannt die Umgebung und die Geschäfte. Hin und wieder konnte sie es sich sogar leisten, die Arbeit für einen Besuch am See zu unterbrechen. Doch gerade dann, wenn sie in die Ferne blickte, spürte sie einen tiefen Groll. Als sie in Not war, hatte sie immerhin nicht das schlechte Gefühl, vermanschte Speisen aus zweiter Hand zu servieren. Irgendwie sah der See anders als früher aus – nüchterner, langweiliger. Auf der Straße wurde sie von der Dame angesprochen, die einst ihre Bachforelle gelobt hatte: »Was ist bloß aus Ihrem Restaurant geworden!? Es war auf dem besten Weg, zum Tipp für Gourmets zu werden, doch jetzt kann man wirklich nicht mehr hingehen.«

»Was sollte ich denn machen?« fragte Claire verzweifelt. »Die Kosten! Ich muß doch irgendwie überleben.«

»Ach was«, sagte die Dame. »Feinschmeckerrestaurants machen ihr Geschäft nicht durch die Speisen, sondern durch die Weine. Wohlhabende Genießer geben zum Menu ein Vermögen für edle Tropfen aus. Das einzige, was Sie brauchen, ist ein guter Weinkeller.«

Claire hatte nie gehofft, feinste Genießer zufriedenstellen zu können. Jetzt spürte sie, daß genau dies ihre Passion und Chance war! Die Frau hatte recht: Ein guter Weinkeller mußte her!

Als sie Pascal davon erzählte, schüttelte er unwillig den Kopf. »Fast food ist unsere Zukunft. Hier gibt es so viele Urlauber, die nur satt werden wollen.«

Claire kümmerte sich nicht um seine Worte. Sie bestellte Arbeiter, die den Keller vertiefen und isolieren sollten. Aber wie, so fragte sie sich, sollte sie ein Feinschmeckerrestaurant auf die Beine stellen, solange Pascal an ihrer Seite war? Geld für neue Pläne war inzwischen genug da. Aber Pascal gehörte die Hälfte von allem. Er dachte nur ans Geld, und dafür haßte sie ihn.

Die Arbeit der Handwerker im Keller ließ er ungerührt geschehen. Zu Claire sagte er: »Einen kühlen Lagerraum kann man immer gebrauchen. Ich bin in Kontakt mit einer Imbißkette. Es bringt viele Vorteile, mit denen zusammenzuarbeiten.«

»Sie wollen aus meinem Restaurant eine Frittenbude machen?!« fuhr Claire ihn an. »Niemals!«

Fortan redeten sie kaum mehr miteinander. Claire holte Angebote von erlesenen Weingütern ein, ließ eine Innenarchitektin kommen und bestellte Geschirr, das zu einem Gourmetlokal paßte.

Zum zweiten Termin erschien die Innenarchtektin nicht. Auch das Geschirr wurde nicht am verabredeten Tag geliefert. Claires Nachforschungen ergaben, daß Pascal beide Aufträge storniert hatte. Dafür fand sie einen Brief der Imbißkette auf dem Schreibtisch: »Wir schlagen vor«, schrieben sie an Pascal, »das Mobiliar durch pflegeleichtes Plastikgestühl zu ersetzen ... die Verträge sollten in den nächsten Wochen unterzeichnet werden ...«

Er meinte es ernst! Aber ihm mußte klar sein, daß er ohne ihre Unterschrift machtlos war. Umgekehrt konnte Pascal auch ihre Pläne blockieren. Was für eine Laus hatte sie sich bloß in den Pelz gesetzt! Wie sollte sie sich gegen seine Skrupellosigkeit wehren?

Claire stieg in den Keller. Die Arbeiten waren gestern abgeschlossen worden. Stolz schaute sie sich im künftigen

Weinlager um. Für besonders wertvolle Flaschen gab es in der Mitte des Bodens einen Schacht, in den kein Luftzug drang und den man über eine Trittleiter betreten konnte. Während Claire in das zwei Meter tiefe Verlies hinabblickte, schwirrten Gedanken durch ihren Kopf: Pascal war ein Nomade wie sie. Niemand würde sich wundern, wenn er von einem Tag auf den nächsten verschwand ...

Sie bat ihn, am Montagabend für eine Unterredung ins Lokal zu kommen. Als er auftauchte, überreichte er ihr eine Flasche in Geschenkpapier. »Damit Sie den Weinkeller einweihen können«, sagte er. »Wir haben zusammen viel erreicht. Wir sollten versuchen, unser Problem friedlich zu lösen.« Claire wickelte einen 30 Jahre alten Bordeaux aus. »Jetzt bin ich aber verblüfft«. Fasziniert betrachtete sie das Etikett und sagte: »Dafür dürfen Sie mein neuestes Soßenrezept abschmecken. Steht auf dem Herd.«

Pascal ging lächelnd in die Küche. Claire lächelte. Als sie sein Röcheln hörte, folgte sie ihm. Pascal hielt den Soßenlöffel noch in der Hand. Seine Gesichtshaut sah weißgelb aus. Dann fiel zuerst der Löffel mit hellem Scheppern zu Boden und schließlich Pascal selbst. Das Gift hatte gewirkt.

Leichter als befürchtet gelang es ihr, den Toten in den Keller zu ziehen. Pascal war ein feingliedriger Mann gewesen. Als sie aber versuchte, ihn in den Schacht für die Edelweine zu zerren, verlor sie einen ihrer Schuhe. Er flog in die Tiefe.

Das Zementgrab, das Claire für Pascal errichten wollte, sollte keine persönliche Beigabe enthalten. So umgriff sie die Trittleiter und sprang auf eine mittlere Sprosse. Sie hörte ein dumpfes Knirschen, dann traf ein heftiger Schlag ihr Genick, der sie auf den Boden des Verlieses stürzen ließ:

Die mächtige Eichenholzluke über dem Schacht war zuge-
fallen und in ihr Schloß geschnappt! Claire tastete verzweifelt im Dunkeln. Wenn Sie sich reckte, konnte sie die Luke
berühren, aber unmöglich öffnen. Sie erspürte ein Seil, das
die Scharniere der Luke mit der Trittleiter verband. Ihr Teilhaber hatte dafür gesorgt, daß die Luke zufallen mußte,
sobald Claire auf die Leiter trat! Eine tödliche Falle vom
cleveren Pascal. Claire schätzte, daß ihr noch vor Sonnenuntergang die Luft ausgehen würde.

Javier Marías
Sonntag mit Fleisch

Wir waren im Hotel de Londres abgestiegen, und während der ersten vierundzwanzig Stunden in der Stadt hatten wir das Zimmer nicht verlassen, wir waren nur auf die Terrasse hinausgetreten, um von dort aus die Bucht La Concha zu sehen, zu voll, um einen erfreulichen Anblick zu bieten. Angenehm ist nur, was nicht massig, was unterscheidbar ist, und dort konnte man unmöglich mit dem Blick auf jemandem verweilen, trotz des Fernglases, ein Übermaß an Fleisch ebnet ein und macht gleich. Wir hatten es mitgenommen, falls wir an einem Sonntag nach Lasarte gehen würden, zur Pferderennbahn, es gibt nicht viel zu tun in San Sebastián an den Sonntagen im August, wir würden drei Wochen da sein, unser Urlaub, vier Sonntage, aber drei Wochen, denn jener zweite Tag unseres Aufenthalts war ein Sonntag, und wir würden an einem Montag abreisen.

Ich trat mehr hinaus als meine Frau, Luisa, immer mit dem Fernglas in der Hand, oder besser gesagt, um den Hals gehängt, damit es mir nicht entgleiten und von der Terrasse hinunterfallen und zerbrechen konnte. Ich versuchte, jemanden am Strand auszumachen, jemanden auszuwählen, aber es gab zu viele Menschen, um irgendeinem treu zu sein, ich machte Schwenks mit der Naheinstellung, sah Hunderte von Kindern, Dutzende von Dicken, ebenso viele junge Mädchen (keine mit bloßen Brüsten, in San Sebastián ist das noch selten), junges und reifes und altes Fleisch, Kinderfleisch, das noch kein Fleisch ist, Mutterfleisch, das dagegen am meisten Fleisch ist, weil es sich bereits reproduziert hat. Schon bald wurde ich es leid zu schauen und kehrte zum Bett zurück, wo Luisa ruhte, ich gab ihr ein paar Küsse, dann kehrte ich zur Terrasse zurück und schaute abermals durch das Fernglas. Vielleicht langweilte ich mich, und deshalb war ich ein wenig neidisch, als ich sah, daß zwei Zimmer weiter, zu meiner Rechten, ein Mann stand, der, ebenfalls mit einem Fernglas, dieses fest auf irgendeinen interessanten Punkt gerichtet hielt und es erst nach einer ganzen Weile sinken ließ und es nicht bewegte, solange er schaute; er hielt es vor die Augen, reglos, ein paar Minuten lang, dann ließ er den Arm ausruhen, und nach kurzer Zeit hob er ihn wieder, immer in der gleichen Position, er wich nicht im mindesten ab von seiner Blickrichtung. Er war nicht hinausgetreten, im Gegenteil, er beobachtete vom Innern des Zimmers her, und deshalb konnte ich nur seinen behaarten Arm sehen, wohin, wohin genau schaute er wohl, fragte ich mich voll Neid, ich wollte meinen Blick gern fest auf etwas richten, nur dann ruht man wirklich aus und verknüpft Interesse mit dem, was man betrachtet, ich machte nur Schwenks, Fleisch und noch mehr Fleisch, das nicht als einzelnes hervortrat, wenn wir schließlich das Zimmer verlassen würden, Luisa und ich, und zum Strand hinuntergingen (wir warteten ab, daß er ein wenig leerer wurde, voraussichtlich zur Zeit des Mittagessens), wären auch wir Teil des Konglomerats aus Fleisch, das aus der Ferne identisch war, unsere erkennbaren Körper würden untergehen in der Gleichförmigkeit, die der Sand und das Wasser und die Badekleidung schaffen, vor allem die Badekleidung. Und jener Mann zu meiner Rechten würde uns nicht wahrnehmen, niemand, der von oben schaute – wie er und ich es taten –, würde uns wahrnehmen, wären wir erst einmal Teil des unangenehmen Schauspiels. Vielleicht deshalb, um nicht ausgemacht zu werden, um nicht aufs Korn genommen noch unterschieden zu werden, finden die Sommerurlauber Gefallen daran, sich ein wenig auszuziehen und sich in Sand und Wasser unter andere Halbnackte zu mischen.

Ich versuchte zu berechnen, auf welchen Punkt die festen Augen des Mannes, meines Nachbarn, gerichtet sein konnten, und es gelang mir, einen Raum zu begrenzen, der nicht klein genug war, um meinen Blick völlig zur Ruhe kommen und Interesse an dem Interessanten aufkommen zu lassen, aber auf diese Weise, indem ich seinen Blick nachahmte oder versuchte, diesen zu erraten, konnte ich den größten Teil der vor mir liegenden Fläche – ein Strand – ausschließen.

»Was schaust du an?« fragte mich meine Frau vom Bett her. Es war sehr heiß, und sie hatte sich ein feuchtes Handtuch auf die Stirn gelegt, es verdeckte ihr fast die Augen, die sich für nichts interessierten.

»Das weiß ich noch nicht«, sagte ich, ohne mich umzudrehen. »Ich versuche zu sehen, was ein Mann sieht, der hier neben mir ist, auf einer anderen Terrasse.«

»Warum? Das kann dir doch egal sein. Sei nicht neugierig.«

Es war mir gleich, in der Tat, aber im Sommer geht es vor allen anderen Dingen darum, Zeit zu verlieren, sonst hat man nicht das Gefühl, in dieser Jahreszeit zu sein, die langsam sein muß und ohne Ziel.

Meinen Berechnungen und Beobachtungen zufolge mußte der Mann zu meiner Rechten eine von vier Personen anschauen, die sich alle ziemlich dicht beieinander befanden, nebeneinander in der letzten Reihe, weit vom Wasser entfernt. Rechts von diesen Personen tat sich eine leere Stelle auf, links ebenfalls, das war es, was mich auf den Gedanken brachte, daß er eine dieser vier anschaute. Die erste (von links nach rechts, wie bei den Fotos) zeigte mir oder zeigte uns das Gesicht, da sie der Sonne den Rücken zugewandt hatte; es war eine noch junge Frau, sie las eine Zeitung, sie hatte das Oberteil des Bikinis aufgeknüpft, nicht ausgezogen (das wird in San Sebastián noch immer ungern gesehen). Die zweite, ebenfalls eine Frau, älter, korpulenter, in einem Badeanzug und mit einem Strohhut, saß und cremte sich ein; bestimmt eine Mutter, aber ihre Kinder hatten sie verlassen, vielleicht spielten sie zusammen am Ufer. Die dritte Person war ein Mann, möglicherweise ihr Ehemann oder ihr Bruder, er war schlanker, er zitterte aus Laune auf seinem Handtuch stehend, als sei er gerade aus dem Wasser gekommen (er zitterte aus Laune, weil das Meer nicht kalt sein konnte). Die vierte war mehr als unterscheidbar, weil sie bekleidet war, zumindest der Oberkörper war bedeckt; es war ein älterer Mann (der Nacken grau), der mit dem Rücken zu mir saß, aufrecht, als wäre er seinerseits damit beschäftigt, jemanden am Ufer oder ein paar Reihen weiter vorne zu beobachten oder zu überwachen, der Strand als Theater. Ich richtete meinen Blick auf ihn; er war zweifellos allein, er hatte nichts zu tun mit dem, der sich links von ihm befand, dem unecht zitternden Mann. Er trug ein grünes, kurzärmeliges Hemd, ich konnte nicht sehen, ob er eine Badehose oder eine lange Hose darunter trug, ob er bekleidet war, unpassend an diesem Ort, wenn, dann würde er deshalb auffallen. Er kratzte sich den Rükken, er kratzte sich die Taille, die Taille war dick, sie mußte schwer sein, bestimmt war er einer dieser Männer, die es große Mühe kostet, aufzustehen, zu diesem Zweck mußte er die Arme nach vorne schwingen, mit ausgestreckten Fingern, als würde einer an ihnen ziehen. Er kratzte sich den Rücken, ein wenig so, als würde er auf sich zeigen. Ich fand keine Zeit, um festzustellen, ob er so aufstand, mühsam, oder um zu sehen, ob er lange Hosen oder eine Badehose trug, wohl aber, um zu erkennen, daß er das Ziel meines Nachbarn war, denn plötzlich sah ich, mein Fernglas endlich auf seine dicke Taille und seinen breiten Rücken gerichtet, wie er zusammensackte, er fiel nach vorn, sitzend, wie es die Marionetten tun, wenn die Hand sie losläßt, die sie führt. Ich hatte einen kurzen, gedämpften Knall gehört und konnte gerade noch sehen, daß das, was von der Terrasse zu meiner Rechten verschwand, nicht mehr der Arm meines Nachbarn mit dem Fernglas war, sondern sein Arm und der Lauf einer Waffe. Ich glaube, niemand bemerkte etwas, obwohl der zitternde Mann jetzt stillstand, denn ihm war nicht mehr kalt.

Brigitte Luciani
Paris

Auf dem Weg ins Hotel beglückwünschte sich Karl, dem nächtlichen Abtrunk mit den Kollegen entgangen zu sein. Er war zum ersten Mal in Paris und wollte es auf seine Art entdecken. Die Kollegen fuhren jetzt in eines dieser Theater am Pigalle, wo sie mit pelziger Zunge auf die federgeschmückten, nackten Mädchen starren und die unterste Schublade der Männerwitze öffnen würden. Karl hatte solche Aufführungen oft genug im Fernsehen gesehen. Er wollte keine Show, sondern an das wahre Leben der Stadt heran. Also hatte er behauptet, Verwandtschaft in Paris zu haben, die ihn selbstverständlich logierte und den Abend mit ihm verbringen wollte. In Wirklichkeit wohnte er in einem kleinen Hotel nahe Les Halles. Nur ein unauffälliges Schild über der Eingangstür wies auf den Verwendungszweck des Hauses hin, dessen Fassade eine Spur grauer als die der übrigen Häuser war.

Der Portier saß mit einem Krimi hinter dem Tresen und reichte Karl den Zimmerschlüssel, ohne sich recht von seinem Buch trennen zu mögen. Karl stieg in den Fahrstuhl. Er fühlte sich trotz des langen Verhandlungstages beschwingt. Eine heiße Dusche, um den Staub der vielen unnützen Worte abzuspülen, und schon gehörte die Stadt ihm.

Die Fahrstuhltür öffnete sich mit viel Lärm, und Karl trat auf den fensterlosen Flur hinaus. Sein Zimmer lag im vierten Stockwerk des Hotels, das pro Etage nur drei Zimmer zählte.

Als Karl seine Tür aufschloß, bemerkte er Licht im Badezimmer, das gleich zu seiner Rechten lag. Er steckte den Kopf in den kleinen Raum und erstarrte. In der Badewanne saß eine Frau, die ihn mit weit aufgerissenen Augen ansah. Karls erster Reflex trieb ihn aus dem Bad, zur Zimmertür hinaus.

Noch immer hielt er den Schlüssel zwischen Zeigefinger und Daumen. Darauf war eine 42 eingraviert. Die erste Ziffer deutete auf das Stockwerk. Karl starrte auf die Zimmertür vor ihm. 42. Es handelte sich um sein Zimmer, er hatte sich nicht geirrt. Ratlos drehte er den Schlüssel in den Fingern. Also hatte sich die Frau getäuscht. Wenn der Schlüssel für mehrere Zimmer paßte, war das durchaus möglich. Aber wieso hatte sie nicht seine Sachen im Bad bemerkt? Rasierzeug und Reisenecessaire lagen bereits auf der Ablage über dem Waschbecken.

Gerade beschloß Karl, hinunter zum Portier zu gehen, um den Vorfall zu melden, da öffnete sich die Tür vor ihm einen Spaltbreit. Die Frau, zweifellos nur mit einem Handtuch bedeckt, hielt ihren Körper versteckt. Wasser tropfte auf den Teppich.

»Laufen Sie nicht fort, ich kann Ihnen das erklären! Bitte warten Sie einen Augenblick.«

Sie sprach Französisch, langsam und nachdrücklich, mit einem maghrebinischen Akzent. Karl wurde klar, daß sie nicht wissen konnte, ob er sie überhaupt verstand. Ihre dunklen Augen sahen ihn flehend an. Er nickte ihr beruhigend zu. Sein Schulfranzösisch hatte sich durch seine regelmäßigen Aufenthalte in Straßburg erheblich verbessert.

Die Frau verschwand, und Karl stand wieder allein auf

dem Treppenabsatz. Er mußte eine ganze Weile warten, bis sich ihm die Tür erneut öffnete.

Vor ihm stand ein verlegenes Zimmermädchen. Sie trug ein schwarzes Kleid mit weißer Schürze davor. Ihre langen schwarzen Haare, die sie nur kurz abgetrocknet haben konnte, lagen naß und schwer auf ihren Schultern. Hell leuchtete dazwischen der zarte Hals.

Sie ließ ihn herein und schloß hinter ihm die Zimmertür.

»Sie müssen entschuldigen, ich dachte nicht, daß Sie schon so früh zurückkehren würden.«

Karl ließ seinen Blick die schwarzen Seidenstrümpfe hinunterwandern.

»Baden Sie immer in der Wanne Ihrer Kundschaft?« erkundigte er sich belustigt.

Sie errötete und senkte den Blick.

»Normalerweise wähle ich ein unbelegtes Zimmer, aber dieses Wochenende ist das Hotel komplett. Ich und mein Bruder haben nur eine kleine Kammer zum Schlafen unter dem Dach.«

Karl fiel jetzt endlich auf, wie sehr sie dem Portier ähnelte – zweifellos ihr großer Bruder. Sie war jünger, er gab ihr keine zwanzig Jahre. Wie sie ihm so unbeholfen und voller Scham gegenüberstand, überkam ihn ein köstlicher Kitzel. Was für eine reizvolle Situation, in die er da geraten war!

»Ich nehme an. Sie haben ihren Dienst für heute bereits beendet?« fragte er.

Sie nickte scheu.

»Mein Bruder darf nicht erfahren, daß Sie mich im Bad gesehen haben. Sie werden ihm nichts sagen, nicht wahr?«

Karl griff nach ihrer Hand. Wie aufgeregt sie war!

»Ich werde ihm nichts sagen, machen Sie sich keine Sorgen. Ich konnte vorhin sowieso kaum etwas sehen. Sie lagen ja im Wasser – leider, muß ich sagen, es hätte sich gewiß gelohnt.«

Er nahm auch ihre zweite Hand und hob ihre Arme seitlich in die Höhe, um ihren Körper besser betrachten zu können. Ihr Dekolleté bebte vor Furcht und Aufregung. Er konnte sich nur zu gut ihre kleinen, festen Brüste unter dem Kleid vorstellen.

»Ich schlage Ihnen einen kleinen Handel vor«, sagte er schließlich, als er ihre Hände, die widerstandslos in den seinen gelegen hatten, losließ. »Sie zeigen mir noch einmal, was ich eigentlich vorhin schon gesehen habe, und ich bewahre dafür eisernes Stillschweigen.«

Er erwartete eine Ohrfeige. Oder zumindest ihren wortlosen Abgang. Die Frechheit, mit der er ihr das Angebot machte, erstaunte ihn selbst. Doch die Frage kostete ihn nichts – was hatte er schon zu verlieren? Zu seiner Überraschung blieb die Frau vor ihm bewegungslos stehen. Nur in ihren Augen sah er, wie sie mit sich kämpfte. Schließlich sagte sie:

»Ich werde mich vorbereiten.«

Sie griff nach ihrer Handtasche, die auf dem Boden stand, und verschwand damit im Badezimmer.

Karl zog sich die Krawatte vom Hals und öffnete die zwei obersten Knöpfe seines Hemdes. Der Abend begann vielversprechend. Er hängte das Jackett auf einen Bügel und trat ans Fenster. Sein Blick fiel auf eine triste Brandmauer, doch als er das Fenster öffnete, hörte er in der Ferne eine Trommel in afrikanischen Rhythmen vibrieren. Die Abendluft war angenehm lau, der Sommer würde nicht mehr lange auf sich warten lassen.

Karl löschte das Deckenlicht und knipste die Leselampe am Bett an. So konnte der nackte Körper besser zur Geltung kommen. Karl setzte sich auf das Fensterbrett und lauschte den exotischen Klängen, in die sich nun das Hupen eines Autos mischte. Paris – was für eine Stadt!

Als das Mädchen schließlich aus dem Badezimmer trat, war er überrascht, es nicht nackt zu sehen. Noch immer trug es seine Zimmermädchenkleidung, doch sein Gesicht war nun geschminkt. Sie hatte die Farben üppig aufgetragen, wie eine Theaterschauspielerin, die nie nahe an ihr Publikum herankommt. Das volle Rot auf ihren Lippen und die mit Gold bezogenen Lider machten den Ausdruck ihres Gesichts sinnlich träge. Karl suchte vergeblich das schüchterne Kind von vorhin.

Ohne ein Wort zu sagen, begann sie im Rhythmus der fernen Trommel ihre Hüften zu schwingen. Mit beiden Händen griff sie in ihr schweres Haar und stellte es wie eine Löwenmähne in die Höhe. Mit kreisenden Bewegungen drehte sie sich vor Karl, der die Luft anhielt. Ein Striptease! Es war zu schön, um wahr zu sein!

Das Mädchen entfernte sich tanzend von ihm. Als sie fast an der Zimmertür angelangt war, ließ sie ihr Haar mit Schwung auf die Schultern fallen und warf den Kopf in den Nacken. Den Oberkörper leicht nach hinten geneigt, die Brust vorgeschoben, schritt sie langsam auf ihn zu. Bei jedem Schritt schob sich zuerst die Hüfte nach vorn, der Rest des Körpers folgte in nachlässiger Haltung, wie bei einem Model auf dem Laufsteg.

Sie fixierte Karl mit leicht erhobenen Augenbrauen und gesenkten Lidern. Stolz war in diesem Blick. Während sie auf ihn zukam, löste sie die Schleife ihrer Schürze. Dicht vor ihm blieb sie stehen, zog die Schürze herunter und warf sie Karl über die Schulter. Mit einer schnellen Drehung wandte sie sich von ihm ab und schritt wieder zur Tür zurück, wobei ihre Hand nach dem Reißverschluß im Rücken des schwarzen Kleides tastete.

Betont langsam zog sie ihn herunter. Die Haut blitzte in dem sich öffnenden Spalt.

Unwillkürlich griff Karl nach der Schürze und begann sie um seine Hand zu wickeln. Die Kleine legte ihm tatsächlich eine professionelle Nummer hin! Die Verlegenheit und die Angst, der große Bruder könnte etwas von der Geschichte erfahren, waren wie weggeblasen. Vor sich sah er ein wollüstiges Weib.

Der Spalt in dem Kleid reichte jetzt bis zu ihren Lenden. Ihr schwingender Körper drehte sich um, und sie streifte das Kleid über ihre Schultern, hielt es noch einen Augenblick lang über den Brüsten fest, dann ließ sie es los, und es rutschte in Zeitlupe über ihre Taille, die Hüfte, hinab zum Boden.

Karl schluckte. Die schwarzen Seidenstrümpfe endeten an ihren Schenkeln, der Slip lag hoch auf der Hüfte, und so schimmerten ihm ihre herrlichen Flanken entgegen. Ein weich geschwungener, flacher Bauch, darüber die in einem schwarzen BH verpackten Jungmädchenbrüste.

Karl preßte seinen Rücken gegen den harten Fensterrahmen, um ihr nicht entgegenzuspringen. Der hämmernde Rhythmus in der milden Abendluft hinter ihm war lauter und drängender geworden, ihm schien, als sei eine zweite Trommel eingefallen, und irgendwo sah Karl zwei schwitzende Männer mit nackten Oberkörpern, die ihre muskulösen Arme über die gespannten Felle schwangen. Er sah auch seine Kollegen, die jetzt mit Hunderten anderer Touristen durch Pigalle zogen und sich einbildeten, das typische Paris zu sehen. Narren! Hier war es, hier bei ihm, in seinem Hotelzimmer!

Das Mädchen ließ sich Zeit, auf ihn zuzugehen. Es schritt im Zickzack von links nach rechts und ließ ihn dabei keinen Augenblick aus den Augen. Ihre Haut leuchtete in dem sanften Licht wie heller Nougat. Karl wollte über ihre Arme streichen, die Schultern, er wollte seine Hände auf ihre nackten Flanken pressen und sie mit aller Kraft an sich drücken.

Endlich stand sie vor ihm. Sie war so nahe gekommen, daß er ihren warmen Atem spüren konnte. Er wollte vom Fensterbrett herunterrutschen, doch ihre Hände drängten ihn sanft zurück, so daß er seinen Rücken wieder an den Rahmen des offenstehenden Fensters lehnte.

Sie ging vor ihm zu Boden. Ein wohliger Schauder durchlief ihn, als er sie zu seinen Füßen liegen sah. Die Arme weit von sich gestreckt, räkelte sie sich auf dem Teppich und streckte ihm ein Bein entgegen. Ihm schwindelte, als er die glatten Seidenstrümpfe auf seinen Fingern spürte. Er hielt ihren Fuß wie einen Vogel mit beiden Händen.

Vorsichtig begann sie, den Strumpf vom Schenkel her aufzurollen. Karl sah ihr atemlos zu. Seine Hände glitten ihren Knöchel hinab und lösten ihre Hände in Kniehöhe bei der Arbeit ab. Bedächtig rollte er den hauchdünnen Stoff um sich selbst, höher, immer höher, bis er den Spann des Fußes erreichte, dann lag der Strumpf wie ein Nest in seiner Hand. Karl führte ihn an seinen Mund, küßte ihn und vergrub sein Gesicht darin. Ihn überkam ein heißes Glücksgefühl. Mit einemmal fühlte er sich zu allem fähig. Er fühlte sich stark und männlich, und es war diese Stadt, die ihm verheißungsvoller denn je erschien. Alles war möglich in Paris.

Dann spürte er plötzlich den Schlag hinter seinen Knien. Er riß die Augen auf, griff nach etwas, um das Gleichgewicht zu halten, verfehlte den Fensterrahmen, fand nichts anderes, an dem er sich festhalten konnte, sah dafür seine Beine nach oben kommen, hinter sich die vom Trommelwirbel vibrierende Leere, dann verstand er endlich, daß es das Mädchen war, das seine Beine immer höher stemmte, das Gewicht seines Oberkörpers, der ihn nach hinten zog und endlich, er begriff zu spät, kippte er vollends in den vierstöckigen Abgrund; er sah einen seiner Füße ohne Schuh über sich und gleich daneben, schon kleiner werdend, das Gesicht des Mädchens, ihre stolzen goldüberzogenen Augen und ihren Mund, den er jetzt zum ersten Mal lächeln sah.

Elizabeth Bowen
Liebe

Es war ein komisches Erlebnis, wirklich – nicht wie etwas, das geschah, eher wie ein Traum. Manchmal denke ich, daß ich es geträumt habe – bei allem, was ich aus Edna herausbringe, habe ich es womöglich. Typisch Edna, mir die ganze Geschichte anzuhängen – was sie macht, indem sie schweigt. Also kann ich natürlich auch nicht davon anfangen. Und ich weiß nicht, ob ich es überhaupt will – nicht bei Edna. Edna ist verschlossen – wie eine Auster.

Gleich, als wir um die Felsen herum in diese Bucht kamen, spürte ich, daß da etwas war ... Der Tag, die gleißende See damals und dabei keine Sonne, ließ alles unwirklich scheinen, und wir fühlten uns völlig zerschlagen. Wir waren durch den losen Sand gewatet, unsere Schuhe waren voll davon. Kilometerweit hatten wir nichts gesehen, das irgendwie nennenswert gewesen wäre – nur Felsen, dazwischen Hänge, und immer dieselbe See. Als wir um den Felsen bogen und das Hotel sahen, bekamen wir deshalb einen ziemlichen Schreck. Die Bucht war ganz eng, sah so abgeschieden aus; das Hotel lag zurück, doch der Sand reichte bis vors Haus. Es gab einen Anleger, aber der war verrottet. Das Hotel mußte früher rosa gewesen sein, ein Name war über der Front aufgemalt, doch Name und Farbe waren restlos verblichen. Alle Fensterläden waren dicht, bis auf ein Fenster: Es sah aus, als zwinkerte einem ein Toter zu. Ich mochte noch nie, wenn man mich anstarrt. Ich sagte: »Also, Edna, es ist geschlossen.«

Sie sagte: »Es sieht *wirklich* armselig aus!«

Das Hotel (ich sehe es noch vor mir) hatte nur zwei Stockwerke, aber es war ziemlich lang. Und an einer Seite hatte es eine Art hölzernen Anbau, vielleicht einen Tanzsaal oder Speisesaal. Innen vor den bunten Fensterscheiben waren die Läden auch verschlossen. Aber die Front entlang zog sich eine breite eiserne Veranda, die aussah, als käme sie woanders her. Ziemlich massiv war sie, überall Säulen und Schnörkel und gußeiserne Gitter: Sie wirkte so schwer, als könne sie den ganzen Anbau einreißen. Die Treppe, die es gab, war breit, die unteren Stufen waren im Sand begraben. Was meine Blicke auf sich zog, war das leuchtend blaue Kleid der Dame, die da oben saß. Sie war eine Person, die man nicht überall sieht. Sie saß dort oben und sah uns einfach an.

Also ließ Edna sich in den Sand plumpsen, als wollte sie ihr Anrecht auf den Ort demonstrieren. Sie zog ihre Schuhe aus und schüttelte den Sand aus, nacheinander. »Das ist besser«, sagte sie. »Warum gehst du nicht weiter? Los«, aber ich wollte irgendwie nicht. »Du bist albern«, sagte sie. »Das ist doch nur ein Hotel!«

Ich drehte mich um und sah ein Schild ›Lunch, Tee, Abendessen‹ im Sand stecken – aber die Schrift war ganz verblaßt. »Also gut«, sagte ich. »Vielleicht kommen wir hier doch zu unserem Tee.«

»Du und dein Tee«, sagte sie. »Du redest nur vom Tee.«

Aber ich wußte, daß sie genauso ihren Tee wollte, so wie sie sich den Sand aus dem Rock klopfte. Man lernt eine Person schon kennen, wenn man mit ihr im gleichen Büro arbeitet und mit ihr in die Ferien fährt. Wenn man mich fragte, wie ich Edna finde, wüßte ich nicht, wie ich antworten sollte, aber ein Mädchen allein muß sich mit manchem abfinden, und es ist langweilig, ganz allein Ferien zu machen. Ich hätte nichts gegen Ednas Art, wenn sie nicht immer erklärte, wie eigenartig ich bin. Aber wir hatten unser Zimmer bestellt, also mußten wir miteinander auskommen – und es waren ja auch nur zwei Wochen. Man bekommt mehr für sein Geld, wo nicht so viel los ist, also hatten sie und ich einen ruhigen Ort ausgesucht. Edna und ich sind nicht wie manche Mädchen im Geschäft, immer auf dem Sprung, einen Jungen zu ergattern. Einmal ist Edna nicht besonders anziehend – und ich war immer eine, die lieber für sich bleibt. Es war schon ein netter Ort, den Edna und ich ausgesucht hatten, etwas Besseres – aber ich muß doch sagen, es war ein bißchen langweilig. Wir hätten wirklich unsere Fahrräder mitbringen sollen. Wir sonnten uns ein bißchen, aber davon wurden wir nur rot verbrannt. Das Baden war schön und nicht gefährlich, aber wenn es dafür zu kalt war oder zu windig für die Liegestühle, blieben uns nur die mühseligen Strandwanderungen. Edna gefiel das so – sie wandert gerne –, und ich wollte nicht gern allein bleiben. Wir gingen nicht oft landeinwärts, was man verstehen kann, wegen der schrecklichen Kühe. Ich sagte oft, wenn nur der Sand nicht so weich wäre, und Edna sagte: »Was erwartest du?«

Der Tag, von dem ich rede, war unser vorletzter Ferientag – deshalb waren wir vielleicht, nachdem wir uns einmal auf den Weg gemacht hatten, weiter gegangen als sonst jemals. Ich wollte schon die ganze Zeit meinen Tee, aber ich wollte nicht davon reden, damit Edna nicht anfing, auf mir herumzuhacken.

»Ich bezweifle, daß es hier Tee gibt«, sagte ich. »Auf mich wirkt das Hotel geschlossen.« – »Warum lassen sie dann das

Schild stehen?« sagte Edna. »Wenn hier Tee steht, muß es Tee geben.«

Sie war ganz rot geworden. »Außerdem«, sagte sie und spähte zur Veranda, »außerdem, wie du siehst, haben sie schon einen Gast.« Also marschierte sie auf das Hotel zu. Ich ging auch – obwohl es irgendwie nicht richtig schien.

Die Person auf der Veranda saß so still wie ein Standbild. Nur ihre Augen bewegten sich und folgten uns. Sie ließ uns herankommen, bis wir ganz nah waren, dann sagte sie: »O nein, Sie dürfen nicht hineingehen!«

Ich muß schon sagen, Edna erschrak auch, aber sie sagte: »Dies ist doch ein Hotel, oder?«

Die Person war scheinbar verwirrt, sie sagte nur: »Sie dürfen es nicht; die anderen würden es nicht mögen.«

»Was machen Sie dann hier?« fragte Edna ausgesprochen scharf.

Das verwirrte die Dame noch mehr. Dann sagte sie: »Aber ich sitze immer draußen.«

Daß man sie hinderte, machte Edna nur entschlossener. Sie griff mich am Ellbogen, und wir gingen von der Dame fort, an all den geschlossenen Fensterläden vorbei, hinten um das Hotel herum. Wir nahmen an, daß der Eingang auf der Seite war, die landeinwärts lag. Zuletzt sahen wir, daß die Dame aufsprang und erschrocken auf das Fenster hinter sich hämmerte und dabei rief: »Oh, gib acht, oh, gib acht!« – »Wenn du mich fragst«, sagte Edna, »dies ist ein Irrenhaus. Aber warum stellen sie ein Schild mit ›Tee‹ auf?«

Auf der Landseite des Hotels stieg ein begraster Hang steil an. Schreckliche Kühe hatten alles zertrampelt und verdreckt. Wir sahen nach, aber es waren keine Kühe zu sehen. Da war wirklich der Haupteingang, unter einem gläsernen

Vordach, bei dem eine Scheibe fehlte. Die Tür war verriegelt und die Türglocke herausgerissen, also hämmerte Edna los. Ich hätte zehnmal lieber auf meinen Tee verzichtet; ich hätte Edna schlagen können, daß sie so stur war.

»Oh, gib es auf, Edna«, wollte ich sagen – als sich auf einmal die Tür öffnete und ein junger Mann heraussah – hemdsärmelig war er. Er war ganz leise gekommen, auf seinen Gummisohlen. Er sah weder freundlich noch unfreundlich aus – die Art, wie er uns ungerührt ansah, war ziemlich frech. Er hielt die Tür halb geschlossen, hielt sie fest.

»Wir möchten zweimal Tee«, sagte Edna – platt heraus.

»Tut mir leid«, sagte er, »hier gibt es keinen Tee.« Er trat zurück und wollte die Tür schließen. Aber Edna schob, so schnell es ging, ihre Schulter dazwischen. Sie fing an: »Also, was ich dann gern wissen möchte ...«, und ich bat, sie solle damit aufhören. Doch da schaute ich aus irgendeinem Grund zum Hang und – oh, du meine Güte, ich wäre beinah umgekippt! Da waren diese schrecklichen Kühe, eine ganze Menge, schreckliche schwarze Kühe mit Hörnern und allem, sie kamen den Hang herunter, heimlich, um uns anzuspringen. Ich faßte Edna, und sie sah es auch – und bevor wir richtig wußten, was geschah, waren wir an dem jungen Mann vorbei durch die Tür. Edna nahm ihm die Tür aus der Hand und knallte sie zu. Ich fühlte, wie sie überall zitterte, wie ein Blatt Papier. Sie sagte: »Meine Freundin mag keine Kühe.«

Im ersten Moment war es so dunkel, daß wir nichts sehen konnten, so dunkel war es drinnen. Es roch ganz feucht. Es mußte einen Durchgang nach vorn geben; aus den Ritzen in den Fensterläden zur Seeseite kam Licht. Als ich sehen konnte, sah ich etwas, das wie eine Reihe Leichen aussah, die alle an der Wand hingen. Später stellte ich fest, daß es Herrenregenmäntel waren. Eigentlich hätte ich es gleich wissen können, dem Geruch nach. Da hingen sie alle, bewegungslos – warum sollten sie sich bewegen?

Edna sagte: »Ihre Kühe sind gefährlich.«

Er sagte: »Das sind nicht meine Kühe. Kommen Sie aus der Stadt?«

Also, Edna warf ihm einen Blick zu. Ihre Stimme war ganz schrill, als sie sagte: »Was ist dann mit dem Schild?« – »Welchem Schild? – Ach so«, sagte er, als sei nichts. Er ging wie ein Kater in seinen Gummischuhen und löste den Riegel an dem Fensterladen, durch den wir das Licht gesehen hatten. Da sahen wir das Meer und fühlten uns besser – ein bißchen. Und nachdem er den Fensterladen geöffnet hatte, sahen wir den Gang entlang in eine Hotelhalle – aber ohne Palmen, und Staub auf den Spiegeln und Korbstühle und Tische mit ramponiertem Geflecht. »Hier gab es früher Tee«, sagte er. »Aber jetzt paßt es nicht.« Er fuhr fort: »Dann sind Sie beide vom Meer gekommen?«

Ich glaube nicht, daß er sich über uns lustig machen wollte, es war einfach seine Art, ich glaube, er wußte kaum, daß wir da waren. Danach sagte er: »Es ist eigentlich schade, nicht wahr? Kommen Sie von weit her?« Ich erklärte ihm, von woher wir kamen. Dann sagte er: »Haben Sie beide Freunde, da, wo Sie herkommen?«

»Was geht Sie das an?« sagte Edna.

Er fuhr einfach fort: »Wenn Sie dort, wo Sie wohnen, Freunde haben oder sonst wen, mit dem Sie reden – dann reden Sie *einmal* nicht – verstehen Sie? Hier gibt es keinen Tee mehr, hier gibt es gar nichts, und ich möchte nicht, daß Leute aus dem Ort oder Fremde hier nach Tee oder sonst etwas herumschnüffeln, das es hier nicht gibt.« Er stand mit verschränkten Armen, die Hände in die Armbeugen geklemmt, und sah Edna und mich ganz ruhig an. »Sie haben kein Recht, hier zu sein«, sagte er. »Es ist nicht einmal geöffnet. Sie würden sich hier nicht einfach hereindrängen, wenn Sie nette Mädchen wären. Nichtsdestotrotz« (sagte er zu uns wie der Kaiser persönlich), »ich serviere Ihnen Ihren Tee, *wenn Sie nicht alles herumerzählen.*«

Da holte ich tief Luft (ich konnte daran wirklich nichts Unrechtes finden) und sagte, daß Edna und ich sowieso lieber für uns blieben. Und ich sagte ihm, daß wir übermorgen wieder in London wären. Edna sagte, sie sei sich nicht sicher, ob sie jetzt überhaupt noch Tee möchte, nach allem was geschehen und gesagt worden sei. »O doch«, sagte er. »Frauen mögen immer Tee.« Er rieb mit einer Hand über einen der Tische und wischte den Staub ein wenig fort, dann stand er da und besah seine staubige Hand. Dann tat er etwas noch Merkwürdigeres – er ging und öffnete das Fenster und steckte den Kopf weit heraus, um sich nach allen Seiten umzusehen.

Was immer er sehen wollte, es schien nicht da zu sein. Also zog er den Kopf zurück und schloss das Fenster und sagte: »Okay, ich gehe und sehe nach, was ich da habe.«

»Sie meinen Tee?«, sagten wir.

»Tee«, sagte er. »Wenn Sie sich auf diese beiden Stühle setzen.« Er zog zwei Stühle heran – sie waren ganz staubig –, und schob jeden von uns auf einen Sitz. »Wenn Sie wieder aufstehen«, sagte er, »bekommen Sie keinen Tee. Verstanden? Und wenn die Dame vorbeikommt, müssen Sie nicht mit ihr reden – verstanden? Die Dame ist wie Sie, sie bleibt lieber für sich.«

So redete er mit uns – als ob wir Kinder wären. Ich und Edna trauten uns kaum, einander anzusehen – aber sie hob einen Finger und tippte sich an die Stirn. Aber was sollten wir tun – zwei Mädchen wie sie und ich –, und draußen die Kühe, die vor der Tür warteten? Als er am Gang angekommen war, warf er uns einen letzten Blick zu. Dann runzelte er die Stirn – und wir sahen alle drei zum Fenster. Da war *sie*, die Frau in Blau, und sie rollte wild mit den Augen. Sie sah ihn und begann an die Scheibe zu klopfen. Ich und Edna saßen hinten, und so konnte sie uns nicht sehen. Wir sahen, wie sie ununterbrochen redete, aber was sie sagte, konnten wir nicht hören. In dem gleißenden Licht draußen sah ihr blaues Kleid ganz eigenartig aus. Sie klopfte immer heftiger mit der flachen Hand. »Wenn Sie nicht achtgeben, zerschlägt sie die Fensterscheibe«, sagte Edna. »Nicht daß es mich etwas anginge.«

Einen Moment schien mir, daß er fast den Kopf verlor. Dann warf er uns einen solchen Blick zu – wie eine schreckliche Warnung –, dann schoß er aufs Fenster zu und schob es hoch. Da *konnten* wir sie hören – ihre Stimme klang jammervoll. »O Oswald, o mein liebster Oswald!« sagte sie.

Bevor er zurücktreten konnte, langte sie so schnell es ging durchs Fenster und legte ihre Arme um seinen Hals. »Oh, ich habe so aufgepaßt«, sagte sie. »*Bestimmt!* Aber sie sind trotzdem hereingekommen. O Oswald, verzeih mir. Verzeih mir, Oswald«, sagte sie. »Was wird jetzt geschehen? Sie bringen dich fort. Ich habe dich im Stich gelassen!« Er drehte den Kopf hin und her, doch sie hielt ihn ganz fest. Ihre Handgelenke waren so dünn wie Drähte, die goldenen Armreifen rutschten ihr in den Ärmelaufschlag.

»Es ist gut, Miss Tope«, sagte er. »Es ist nichts geschehen. Ich bin in Sicherheit, wirklich.«

»Sie sind aber hereingekommen. Wo sind sie?«

»Sie sind nicht da«, sagte er, »sie sind gegangen.«

Sie stierte an ihm vorbei das Fenster an, und ich sage Ihnen, ich und Edna erstarrten auf unseren Stühlen. »Aber was haben sie gesehen«, sagte sie. »Was haben sie erraten? Wenn sie nun irgendwo sind? Lassen Sie mich herein und nachsehen.«

»Ach«, sagte er, »wenn Sie hereinkommen, wer hält dann draußen Wache? Gehen Sie zurück und halten Wache. Sie wissen, ich bin von Ihnen abhängig.« So überlistet, ließ sie ihn los, einen Moment lang ganz verwirrt. Sie stand da und versuchte zu verstehen, sah ihm gebannt ins Gesicht. »ich bin von Ihnen *abhängig*«, sagte er. Er war wie ein Vater zu ihr. Und sie hätte seine Mutter sein können – den Jahren nach. Sie sah aus, als wollte sie weinen. »Sie sind wirklich in Sicherheit?« sagte sie.

»Ich bin immer in Sicherheit«, sagte er, »solange Sie wachen.« Er nickte ihr zu, und sie verzog ihr Gesicht und nickte ihm genauso zu – dann ging sie fort. Er wartete einen Augenblick, dann schloß er das Fenster und ging davon, ganz ruhig, durch den Gang.

Also, Edna und ich saßen nur da; wir blieben jede auf unserem Stuhl sitzen und gaben keinen Ton von uns, warfen uns nicht einmal einen Blick zu. Ich weiß nicht, wie überhaupt die Zeit vorüberging. Wir hörten Oswald irgendwo im Hintergrund, wie er Geschirr zusammenstellte, und wir konnten den Ölofen riechen – er mußte die Tür offengelassen haben. *Er* hörte genau zu. Dann, als er zurückkam und das Tablett abstellte, sagte er: »Na, bitte schön.« Edna griff nach der Kanne, doch er hatte sie zuerst; er zog einen Stuhl heran und setzte sich hin, ganz gemütlich. So zeigte er, daß wir nicht zu zahlen brauchten: Es war nicht unser Tee, es war seiner. Edna haßte es, wenn man ihr etwas spendierte – wie rot sie wurde! Und sicher war ich auch froh, daß ich mein Gesicht in die Tasse stecken konnte. Er schnitt mir und Edna eine Scheibe von dem Brotlaib ab. Ich sah, daß Edna in Hitze geriet.

»Es ist schön und gut, zu sagen, wir sollen nicht reden«, sagte sie. »Aber wie sollen meine Freundin und ich wissen, worüber wir nicht reden sollen? Diese Miss Tope, bitte schön? Was plagt sie?«

Er sagte: »Sie denkt, ich bin ein Mörder.«

»Aha«, sagte Edna. »Sind Sie einer?«

»Nein«, sagte er ganz leichthin. »Aber sie denkt, sie kämen jeden Moment, um mich abzuholen. Tatsache ist, daß ich nicht will, daß *sie* abgeholt wird. Ihre Leute möchten, daß sie hinter Schloß und Riegel kommt. Es wäre ihnen gleich, was sie litte. Einmal ist sie ihnen entwischt, und jetzt wissen sie nicht, daß sie hier ist. Wenn sie das wüßten, wären sie auf der Stelle hier – es ist ihnen gleich, *was* sie litte, wäre ihnen gleich, wenn es sie umbrächte. Aber eher jage ich sie alle zum Teufel, bevor ich erlaube, daß man ihr etwas antut. Ich bin der einzige Freund, den sie hat.«

»Ich muß schon sagen«, sagte Edna. »Sie nehmen einiges auf sich. Also, sie spinnt, wirklich. Sie könnte jemandem etwas antun. Sehen Sie sich ihre Hände an – sie sind richtig stark.«

»Sie tut mir nichts an«, sagte Oswald.

»Sie könnte sich auch selbst etwas antun.«

»Nicht, solange sie bei mir ist.«

»Woher hat sie dann die Idee, daß Sie einen Mord begangen haben?«

Oswald wurde ganz anders, wenn er von Miss Tope redete; er war nicht mehr kühl und eingebildet. Man hätte annehmen können, er sei eine Mutter, die über ihr erstes Kind redet. »Das habe ich ihr eingeredet«, sagte er. »Wenn sie nicht kommen und sie abholen sollen, müssen sie und ich uns versteckt halten. Und zuerst, als sie zurückkam, lief sie überall herum – auf der Hauptstraße, im Dorf – genau wie ein Kind, so zutraulich, fing mit jedem im Ort ein Gespräch an. Natürlich fiel sie auf – wie sollte sie nicht? Ihre Leute wären in einer Woche hier gewesen. Also mußte ich mir etwas ausdenken, um sie ruhig zu halten, ohne ihr das Gefühl zu geben, es ginge um sie; das wäre für sie der Tod gewesen. Also habe ich ihr erzählt, ich hätte etwas Schreckliches getan und sie seien hinter mir her und daß sie mich verstecken müsse und Wache halten. Seitdem hat sie sich nicht mehr vom Fleck gerührt.«

»Arme Seele«, sagte ich.

Er sagte: »Sie kennen sie nicht. Sie ist so lieb und reizend wie früher als junges Mädchen.«

»Zweifellos«, sagte Edna, »ist sie die vollkommene Dame. Nichtsdestotrotz ist sie bereit, an einem Ort zu bleiben, von dem sie denkt, daß dort ein Mord geschehen ist. Wollen Sie damit sagen, *das* hat sie nicht gegen Sie eingenommen?«

»Ach, nein«, sagte Oswald. »Sie würde niemals verurteilen, was *ich* tue. Sie weint nur manchmal und nennt mich ihren armen Jungen. Sie und ich waren schon so – miteinander befreundet –, als ich klein war und sie das schönste Mädchen. Verstehen Sie, ihr und mein Vater waren enge

Freunde – obwohl ihr Vater ein reicher Herr war, er hätte damals England kaufen können; er hatte eine Jacht und was sonst noch. Ihr Vater hat meinem Vater dieses Geschäft eröffnet, dieses Hotel. Und sie sind immer hierhergekommen, Miss Meena und er. Und wohin Major Tope damals kam, gingen seine Leute auch. So viele feine Herren und Miss Meena – sie nannten dieses Haus ihr Hauptquartier – das Geschäft meines Vaters. Ich weiß noch, wie alle Fenster ihr Licht auf den Sand warfen und Miss Meena in ihrem Spitzenkleid auf der Veranda zur Gitarre sang. Sie war für sie alle wie eine Königin – und sie war auch meine Königin. Sie lachten mich aus, weil ich immer um sie herum war. Aber damals war ich noch klein. Als Major Tope bankrott war, verschwanden die Leute, die sonst alle hierhergekommen waren, wie Schnee. Sie hatten wahrscheinlich auch Geld verloren. *Mein* Vater hatte mit diesem Hotel Geld gemacht, und Major Tope hatte alles für ihn investiert. Also ging mein Vater auch unter, als der Bankrott kam. Major Tope hat das nicht überstanden; er brachte sich um. Mein Vater blieb nicht lange, nachdem die vielen Leute fort waren: Ich blieb mit dem Hotel allein, und ich machte ein bißchen weiter, nur Tee und so, aber als Miss Tope zurückkam, schloß ich ganz. Es ging nicht – nicht mit ihr.«

»Dann hätten Sie das Schild mit ›Tee‹ nicht draußen lassen sollen!«

»Das steht ihr zuliebe da«, sagte er. »Einmal habe ich versucht, es fortzustellen, wie hat sie sich aufgeregt – sie wollte, daß nichts geändert würde. Am Tag, als sie zurückkam, sagte sie: ›Da bin ich wieder, Oswald. Jetzt werden wir glücklich. Hier waren wir immer glücklich.‹ Sie erträgt es nicht, wenn sich etwas ändert – ich könnte es ihr nicht antun.«

»Das ist alles schön und gut«, sagte Edna, »aber wie wollen Sie jemals auskommen? Ohne Kundschaft oder irgendwas? Sie müssen doch an Ihr eigenes Leben denken – ein junger Mann wie Sie.«

Er sagte so unnahbar wie nichts: »Oh, ich komme schon aus. Das Haus und die Grundstücke gehören mir noch, und ich bekomme ein bisschen für das Gras.«

»Trotzdem können Sie so nicht weitermachen«, sagte Edna. Er sagte: »Überlassen Sie das ihr und mir.«

Er stand auf und packte die Sachen wieder aufs Tablett. »Also, wenn Sie gehen müssen ...«, sagte er. »Danke für Ihre Gesellschaft.« Also standen sie und ich auf. Als er sah, daß Edna durchs Fenster peilte, sagte er: »Nein, nicht den Weg; Sie gehen landeinwärts zurück.« Er führte uns durch die Halle – oh, das klang leer –, vorbei an den Regenmänteln, die all diese Leute zurückgelassen hatten. »Also, ich finde, Sie waren sehr freundlich, uns Tee zu servieren. Danke, wirklich.«

»Sie danken mir«, sagte er, »wenn Sie Ihren Mund halten.«

Während er die Tür öffnete, sagte ich: »O Edna, die Kühe!« Er grinste und sagte, er brächte das in Ordnung. Tatsächlich waren die Kühe auf einem anderen Hang. Oswald zeigte uns einen Pfad, der in der nächsten Bucht wieder hinunter an den Strand führte. (Und so war es.) Er wartete wie versprochen mit einem Stock zwischen unserem Pfad und dem anderen Hügel, wo die Kühe waren. Wir gingen schnell und waren ganz außer Atem. Einmal drehte ich mich um und sah Oswald, und er sah ganz klein aus, und sein Hotel da unten war wie eine kleine Schachtel. Ich dachte, wenn wir uns erholt hätten, müßten wir eigentlich etwas sagen.

Da merkte ich, daß Edna wieder komisch wurde, also sagte ich nichts – das wollte ich sowieso nicht. Denn was kann man sagen, wenn man nicht weiß, was man denkt? Und was kann man denken, wenn es keinen Sinn gibt?

Ruth Rendell
Die Wahrheit will ans Licht

Entlang der Strandpromenade, zwischen Pier und Altstadt, stand eine Reihe hölzerner Bänke. Es waren ihrer sechs. Sie standen in gleichmäßigem Abstand auf der Wiese, und man sah von ihnen auf die Dünen, die Piermauer und das Meer. Ein paar Leuten, unter ihnen Mrs. Jones, waren sie namentlich bekannt als Fisher, Jackson, Teague, Prendergast, Lubbock und Rupert Moore. Diese letztgenannte Bank, von der seltsamerweise sowohl der Vorname als auch der Familienname des Mannes, an den sie erinnerte, bekannt waren, wählte Mrs. Jones stets, um darauf zu sitzen.

Sie saß dort jeden Tag, genoß den Frieden und die Stille, blickte aufs Meer hinaus und dachte an die Vergangenheit. Am angenehmsten war es an milden Wintertagen oder an bewölkten Sommertagen, wenn die Feriengäste in ihren Autos blieben oder in den Ort bummelten, um Garnelen und Krabben und teuren Schnickschnack zu kaufen.

Mrs. Jones dachte, wie froh sie war, daß sie letztes Jahr, als Mr. Jones von ihr gegangen war, das Haus in der Altstadt gekauft hatte, wiewohl das bedeutet hatte, daß sie sich von ihrer Tochter trennen mußte. Sie dachte an ihren Sohn in London, an ihre Tochter in Ipswich, ihre guten, liebevollen Kinder, an ihre Enkel und manchmal auch daran, was für ein Glück es war, daß sie eine nicht zu verachtende Rente und eine eigene Pension bezog.

Aber meistens, während sie auf Rupert Moore zwischen Fisher und Teague saß, dachte sie an den ersten Mann in ihrem Leben, den sie auch jetzt noch, nach so langer Zeit, ihren Liebling nannte. Sie hatte sich so daran gewöhnt, ihn so zu nennen, daß der Kosename zu seinem eigentlichen Namen geworden war. Mein Liebling, dachte Mrs. Jones, wenn eine andere alte Frau John oder Charlie oder Tom gedacht hätte.

Hier fühlte sie sich ihm näher als überall sonst, und deswegen saß sie immer auf dieser Bank und nie auf einer anderen.

Am 15. Juli, dem St. Swithins-Tag, saßen Hugh und Cecily Branksome in ihrem Auto, das an der Promenade geparkt war, und blickten auf die graue, bewegte See. Oder vielmehr Hugh blickte auf die See, während Cecily auf Mrs. Jones blickte. Die Temperatur betrug ungefähr minus zehn Grad, zumindest laut Cecily, die es mit den Gezeiten hielt, oder plus zehn Grad, laut Hugh, der sich nicht daran hielt. Es regnete noch nicht, obwohl es ganz danach aussah, als würde es demnächst anfangen.

Hugh wünschte, sie wären an die Costa Brava gefahren, wo es zwar Hochhäuser gab, Fish and Chips und Stierkämpfe, aber zumindest hätte dort die Sonne geschienen. Aber Cecily hatte sich in den Kopf gesetzt, daß es höchst spießig und unpatriotisch wäre, den Urlaub im Ausland zu verbringen.

»Ich frage mich, warum sie immer dort sitzt«, sagte Cecily.

»Wer sitzt wo?«

»Die alte Frau. Sie sitzt immer auf dieser einen Bank. Auch gestern und vorgestern.«

»Ist mir nicht aufgefallen«, sagte Hugh.

»Dir fällt nie etwas auf. Während du gestern in der Kneipe warst«, sagte Cecily mit Nachdruck, »habe ich gewartet, bis sie gegangen ist, und dann habe ich die Inschrift auf der Bank gelesen. Auf der Metallplatte an der Rückseite. Weißt du, was draufsteht?«

»Natürlich nicht«, sagte Hugh und kurbelte das Fenster herunter, damit der Zigarettenrauch abzog. Eine eisige Brise blies ihm ins Gesicht.

»Mach das Fenster zu. Sie lautet: ›Rupert Moore stiftete Northwold diese Bank als Dank für seine Befreiung. Ich bin gefangen gewesen, und ihr seid zu mir gekommen. Matthäus, Kapitel fünfundzwanzig, Vers sechsunddreißig.‹ Wie findest du das?«

»Bemerkenswert.« Hugh glaubte, daß er wußte, was es hieß, im Gefängnis zu sitzen. Er sah auf seine Uhr. »Sie machen jetzt auf«, sagte er. »Wir können etwas trinken gehen, Gott sei Dank.«

Am nächsten Morgen fuhr er ohne sie zum Fischen hinaus. Vor dem Abendessen trafen sie sich in ihrem Zimmer; Hugh machte sich darauf gefaßt, sich – wie schon öfter – gewissen sarkastischen Fragen stellen zu müssen, ob er einen angenehmen Tag verbracht habe oder nicht. Er kam ihr zuvor, indem er sofort erzählte, daß sie nur eine kleine Makrele gefangen hätten, denn ihre Mißbilligung wäre größer, hätte er wirklich Spaß gehabt. Aber er wurde sogleich unterbrochen.

»Ich habe aus dem netten Mann mit dem Bart die ganze Geschichte über diese Bank herausgeholt.«

Hugh hatte ein miserables Gedächtnis, und für einen Augenblick wußte er nicht, von welcher Bank sie sprach, aber aufgrund ihrer Beschreibung erinnerte er sich an den netten Mann. Ein Wichtigtuer und Besserwisser, der in Northwold lebte und ständig in der Hotelbar herumhing.

»Er hat darauf bestanden, mich zu einem Drink einzuladen. Zu zwei Drinks, wenn man pingelig sein will.« Sie lächelte spitzbübisch und ordnete ihre Frisur, als ob der Besserwisser sie – mindestens – für ein Wochenende nach Aldeburgh eingeladen hätte. »Er heißt Arnold Cottle, und er hat gesagt, daß dieser Rupert Moore die Bank gestiftet hat, weil er seine Frau umgebracht hat. Er wurde vor Gericht gestellt und freigesprochen, und deswegen steht das mit der ›Befreiung‹ da und mit dem Gefängnis.«

»Du kannst nicht sagen, daß er seine Frau umgebracht hat, wenn er freigesprochen wurde.«

»Du weißt schon, was ich meine«, sagte Cecily. »Das war vor einer Ewigkeit, 1930. Ich meine, damals war ich noch ein Baby.« Hugh hielt es für klüger, sie nicht darauf hinzuweisen, daß man mit zehn kein Baby mehr war. »Er wurde freigesprochen, oder er kam beim Berufungsverfahren raus, irgend so was, und er ist hierher zurückgekehrt und hat die Bank gestiftet. Aber die Leute hier wollten keinen Mörder in ihrer Mitte und haben seine Fenster eingeworfen und ihm in der Straße nachgeschrien, und er mußte gehen.«

»Armer Kerl«, sagte Hugh.

»Na ja, da bin ich mir nicht so sicher, Hugh. Nach dem, was Arnold gesagt hat, war es ein ziemlich unappetitlicher Fall. Moore war noch ziemlich jung, sah sehr gut aus und arbeitete als Maler, obwohl er Privatvermögen hatte. Seine arme Frau war wesentlich älter und behindert. Er hat ihr Zyankali gegeben, das sie gegen die Wespen gekauft hatten. Er hat es ihr in den Kaffee getan.«

»Ich dachte, du hättest gesagt, er hätte sie nicht umgebracht.«

»Jedermann wußte, daß er es getan hat. Er ist nur rausgekommen, weil der Richter die Geschworenen in die falsche Richtung gelenkt hat. Man kann sich gar nicht vorstellen, daß jemand die Nerven hat, nach so einer Sache so was wie ein Denkmal aufstellen zu lassen, oder?«

Hugh ließ das Badewasser einlaufen. Resigniert nahm er die Tatsache hin, daß ein Teil des Abends in Gesellschaft von Arnold Cottle verbracht werden würde. Seine früheren Erfahrungen ließen einen solchen Rückschluß zu. Cecily war nicht der Typ, der zum Flirten neigte, und war es auch nie gewesen, außer in ihrer eigenen Phantasie. Das war es nicht. Es war eher so, daß es ihr Spaß machte, Hintergründe herauszubekommen oder – wie sie es nannte – beispielhafte Fälle von Ungerechtigkeit oder Greueltaten und sich darüber den Kopf zu zerbrechen, und um sich Unterstützung zu sichern, zog sie jeden Helfer an Land, der gerade zur Hand war.

Da war zum Beispiel die einstweilige Verfügung gegen die geplante Autobahn gewesen, der Einspruch gegen den Kinderspielplatz, das Einschreiten gegen die Penner in der Straße, in der sie wohnten. Sie war nicht durchweg reaktionär, denn sie hielt das Recht auf freie Meinungsäußerung heilig, setzte sich ein für die Gleichbehandlung der Rassen und gesundes Essen und saubere Luft. Sie war eine Frau mit Prinzipien, die sich mit ganzem Herzen auf Umwälzungen, Veränderungen und Kämpfe einließ, damit der Gerechtigkeit Genüge getan würde, und die bisweilen Sekten anheimfiel, um ihre Seele zu läutern.

Der bedauerliche Aspekt des Ganzen oder einer der bedauerlichen Aspekte war, daß sie dabei meist in Gesellschaft von lästigen Typen oder Gaunern geriet. Hugh fragte sich, worauf sie diesmal hinauswollte und warum, und hoffte, daß es sich, wiewohl selbiges selten der Fall war, um eine Eintagsfliege handeln würde.

Zwei Stunden später fand er sich mit seiner Frau und Arnold Cottle auf nassem Gras wieder; sie überprüften die Inschrift an der Rupert-Moore-Bank. Es war noch hell und würde auch die nächste Stunde noch nicht dunkel werden. Der Himmel war wolkenverhangen und das Meer von der Farbe eines kürzlich gescheuerten Aluminiumtopfes. Niemand wäre auf die Idee gekommen, dachte Hugh, daß irgendwo im Westen die Sonne stand, von der die Wissenschaft – im Widerspruch zum gegenwärtigen Augenschein – behauptete, daß sie 250 000 000 Tonnen Licht in der Minute aussandte.

Die beiden anderen waren zu versunken, um sich ablenken zu lassen. Er warf einen Blick auf Fisher (Zum Andenken an Colonel Marius Fisher, Viktoria-Kreuz, Tapferkeitsmedaille, 1874-1951) und auf Teague (William James Teague, hier geboren, gefallen in der Schlacht von Jütland), und dann versetzte er Rupert Moore einen Stoß und verkündete, um überhaupt etwas zu sagen: »Die ist aus Eiche.«

»Da haben Sie recht, mein lieber alter Freund.« Arnold Cottle sprach in einer warmherzigen und freundlichen Art mit Hugh, als ob er a priori beschlossen hätte, daß es sich bei ihm um einen harmlosen Irren handelte. »Damals gab es noch Eichenholz. Diese Bank wurde von einem Typ namens Sarafin gemacht, Arthur Sarafin. Komischer Name, hä? Vermute mal, es handelt sich um eine Verballhornung von Seraphin. Er war ein guter Handwerker, lebte weiter oben an der Küste in Lowestoft, ist ziemlich jung gestorben, schade um ihn. Mein Vater kannte ihn, hatte ein paar von ihm gezimmerte Möbel. Dort, wo die Querstange oben auf den Längsbalken trifft, sind noch seine Initialen zu sehen, A. S. in einem kleinen Kreis, sehen Sie?«

Hugh fand das ziemlich interessant. Er selbst hatte ein bißchen geschreinert, bis Cecily dem ein Ende gesetzt hatte mit der Begründung, daß sie seine Werkstatt für ihre Gruppentreffs brauche. Das war zu der Zeit gewesen, als sie auf Gestalttherapie abgefahren war. Hugh wollte lieber nicht an sie denken. Er sah sich Prendergast an (Diese Bank wurde gestiftet von der ehrenwerten Mrs. Clara Prendergast, damit die Erschöpften Rast finden mögen) und wollte sich gerade bei Cottle erkundigen, ob die Bank aus Eiche oder Teakholz sei, als Cecily sagte: »Woher hatte er das Zyankali?«

»Moore?« sagte Cottle. »Es wurde niemals wirklich nachgewiesen, daß er überhaupt welches hatte. Er behauptete, daß sie welches in einem Schuppen im Garten aufbewahrten, um die Wespen umzubringen, und das seine Frau es selbst genommen habe. Tatsächlich hatte Mrs. Moore ihrer Schwester geschrieben, daß sie keinen Sinn mehr in ihrem Leben sehe und ihm ein Ende setzen wolle. Aber der Gärtner behauptete, daß er das Wespengift ein Jahr vorher weggeworfen habe.«

»Aber von irgendwoher muß es doch gekommen sein«, sagte Cecily in einem so harschen Ton und sah dabei so streitlustig aus, daß Hugh noch mehr Sympathie für Rupert Moore empfand.

Cottle schienen ihr Ton und ihr Ausdruck nichts auszumachen. »Moore war in mehreren Apotheken gewesen, zwar nicht direkt in Northwold, aber hier in der Gegend und hatte versucht, Zyankali zu kaufen, angeblich gegen die Wespen. Alle Apotheker behaupteten, sie hätten ihm keins gegeben. Ein Stück weiter oben an der Küste, in Tarrington, verkaufte man ihm ein Wespizid, das kein Zyankali enthielt. Er mußte dafür unterschreiben. Liebe Cecily, da Sie sich so sehr für den Fall interessieren, wollen Sie ihn nicht in der Bibliothek nachlesen? Es wäre mir ein großes Vergnügen, Sie morgen dorthin zu begleiten.«

Das Angebot wurde begeistert angenommen. Sie gingen ins Gasthaus »Zu den Gekreuzten Schlüsseln«, wo Hugh drei Runden ausgab und Arnold Cottle nicht eine, weil er vergessen hatte, seine Brieftasche einzustecken. Cecily stürzte sich auf den Mann hinter der Theke und kitzelte aus ihm heraus, daß die alte Frau, die immer auf der Bank namens Rupert Moore saß, Mrs. Jones hieß und letztes Jahr von Ipswich nach Northwold gezogen war und ursprünglich aus Suffolk und nicht aus Northwold stammte.

»Warum sitzt sie immer auf dieser Bank?«

»Fragen Sie mich was anderes«, sagte der Barkeeper, wobei er diese Antwort rhetorisch meinte, Cecily sie aber nicht so verstand.

»Was fasziniert sie so an dieser Bank?«

»Dich scheint sie zu faszinieren«, sagte Hugh. »Kannst du nicht für einen Augenblick damit aufhören? Die Geschichte ist seit ungefähr fünfzig Jahren vorbei und vergessen.«

Cecily sagte: »In diesem verdammten Kaff kann man ja nichts anderes tun.« Dem Barkeeper mißfiel das so sehr, daß er sich verärgert zurückzog. »Ich habe einen sehr aktiven Verstand, Hugh. Das solltest du mittlerweile wissen. Ich fürchte, ich kann mich nicht damit zufriedengeben, mein Hirn mit Alkohol zu benebeln oder mich zehn Stunden lang damit zu beschäftigen, einen einzigen armseligen kleinen Fisch aus dem Wasser zu ziehen.«

Der Bibliotheksbesuch, von dem Hugh dispensiert war, fand statt. Aber nachdem die Bücher beschafft waren, mußte ein Ausflug zu dem Haus organisiert werden, in dem Rupert Moore mit seiner Frau gelebt und seine Bilder gemalt hatte und das Verbrechen begangen worden war. Arnold Cottle war angesichts dieses Vorhabens entzückt, vor allem, weil der Ausflug auf Cecilys Vorschlag hin mit einem Mittagessen verbunden werden sollte. Hugh mußte mitkommen, weil Cecily nicht Auto fahren konnte, und Arnold Cottle wollte er seinen Wagen nicht anvertrauen.

Das Haus war ein langweiliges und häßliches Herrschaftshaus, in dem jetzt ein Kinderheim untergebracht war. Der Direktor weigerte sich (vernünftigerweise, dachte Hugh), einer Besichtigung des Hausinneren zuzustimmen, hatte aber nichts dagegen, daß sie draußen herumspazierten. Für die Jahreszeit war es bitterkalt, aber es war nicht kalt genug, um die Kinder im Haus zu halten. Sie latschten hinter Arnold Cottle und den Branksomes her und gaben unfreundliche und unverschämte Bemerkungen von sich. Eins, ein Junge mit roten Locken und Silberblick, warf das Kerngehäuse eines Apfels nach Cecily, und als er dafür getadelt wurde, antwortete er mit einem Ausdruck, der, obwohl vertraut, aus dem Mund eines Fünfjährigen erstaunlich klang.

Sie aßen zu Mittag, und während des Essens las Cecily ununterbrochen und laut aus den Prozeßakten vor. Die gerichtsmedizinischen Fakten waren so unerfreulich, daß Hugh unfähig war, sein Steak au poivre aufzuessen. Cottle trank allein fast eine ganze Flasche Nuits St. George und einen doppelten Brandy zum Kaffee. Hugh dachte über Männer nach, die ihre Frauen umgebracht hatten, und darüber, wieviel einfacher es doch gewesen sein mußte, als man noch Wespengift mit Zyankali und arsenhaltiges Unkrautvernichtungsmittel hatte kaufen können. Aber selbst wenn er in der Lage gewesen wäre, sich diese Mittel zu beschaffen oder Cecily die Treppe hinunterzustoßen oder es so einzurichten, daß der Heizstrahler in die Badewanne fiel, während sie ein Bad nahm, er wußte genau, daß er es niemals tun würde. Selbst wenn er wie der arme Rupert Moore mit heiler Haut davongekommen wäre, hätten doch auf dem Rest seines Lebens die Schande, die Furcht und die Schuld gelastet, wie es auch bei Rupert Moore der Fall gewesen war.

Nicht, daß Moore sehr alt geworden war. »Ungefähr ein Jahr, nachdem er aus dem Gefängnis entlassen worden war, ist er an einer Nierenkrankheit gestorben«, sagte Cecily, »und da hatte man ihn schon aus seiner Heimatstadt verjagt. Er hat bei Sarafin die Bank in Auftrag gegeben, und das war seine letzte Amtshandlung in Northwold.« Sie blätterte das letzte Kapitel des Buches durch. »Es scheint kein wirkliches Motiv für den Mord gegeben zu haben, Arnold.«

»Vermutlich wollte er eine andere heiraten«, sagte Cottle und trank einen kräftigen Schluck Brandy. »Ich erinnere mich, daß mein Vater so etwas erwähnte. Es kursierten Gerüchte, daß er eine Freundin hatte, aber niemand schien ihren Namen zu wissen, und in den Prozeß wurde sie nicht mit hineingezogen.«

»Nein, im Prozeß taucht sie nicht auf«, sagte Cecily und blätterte so rasant in ihrem Buch zurück, daß sie beinahe Hughs Kaffeetasse umgestoßen hätte. »Soll das heißen, daß es keinerlei Hinweise gab, wer sie war? Wie kam es dann zu den Gerüchten?«

»Liebe Cecily, wie entstehen für gewöhnlich Gerüchte?

Tatsache ist, daß Moore bekanntermaßen abends oft nicht zu Hause war. Der Klatsch wollte es, daß man ihn mit einem Mädchen in Clacton gesehen hatte.«

»Faszinierend«, sagte Cecily. »Ich werde den Rest des Tages damit verbringen, diese Bücher gründlich zu studieren. Sie und Hugh müssen sich allein amüsieren.«

Nachdem er sich einen schauerlichen Nachmittag lang Cottles Sorgen angehört hatte: wie Böswillige jede Karriere, die Cottle begann, zu verhindern wußten, wie die zwei Versuche, sich zu verheiraten, von seiner Mutter zum Scheitern gebracht worden waren und wie seine Nachbarn eine Vendetta gegen ihn austrugen, gelang es Hugh endlich zu fliehen. Allerdings mußte er Cottle zuvor zehn Pfund leihen, welches die niedrigste Summe war, die Cottle sich herabließ anzunehmen. Cecily verbrachte einen wunderbaren Nachmittag, machte sich vertraut mit dem Fall Moore, und jetzt lag sie in der Badewanne. Hugh fragte sich, ob ein mächtiger Schlag gegen die Wand, die Schlaf- und Badezimmer voneinander trennte, den an der Wand befestigten Heizstrahler soweit lockern würde, daß er ins Wasser fiel, aber hierbei handelte es sich um rein akademische Spekulation.

Nach dem Abendessen ging er allein im Regen spazieren, während sich Cecily Notizen machte – zu welchem Zweck, wußte Hugh nicht, und es war ihm auch egal. Er streunte durch die Burgruinen und kaufte für den nächsten Abend zwei Theaterkarten in der Hoffnung, daß das Stück, wiewohl es ›Mord am Meer‹ betitelt war, Cecily ablenken würde; er wanderte durch die Straßen der Altstadt und trank etwas im »Wappen der Austernfischer«. Im großen und ganzen ging es ihm recht gut.

Da am nächsten Morgen das Wetter besser war – es

schien eine kränklich blasse Sonne, die attraktive Farbflek-
ken auf schwarze Wolken malte –, dachte er, daß sie möglicherweise an den Strand gehen könnten. Aber Cecily hatte
andere Pläne. Sie brachte ihn dazu, sie nach Tarrington zu
fahren, und im dortigen kleinen Einkaufszentrum überließ
sie ihn sich selbst. Er kaufte sich zwei Paar dicke Socken.
Weil es anschließend wieder regnete, gab es nichts weiter
zu tun, als im Auto auf dem Parkplatz herumzusitzen. Sie
ließ ihn zwei Stunden warten.

»Weißt du was?« sagte sie. »Ich habe die Apotheke gefunden, in der Rupert Moore das Wespenmittel ohne Zyankali
gekauft hat. Und ob du's glaubst oder nicht, sie gehört noch
immer den gleichen Leuten. Der Enkel des damaligen Apo-
thekers führt jetzt den Laden.«

»Vermutlich«, sagte Hugh, »hat er dir erzählt, daß sein
Großvater auf dem Totenbett gestanden hat, daß er Rupert
Moore schließlich doch Zyankali verkauft hat.«

»Sei doch bitte eine Minute ernst. Daß sie in der Apotheke Wespengift mit Zyankali hatten, wußte ich schon.
Es steht in dem Buch aus der Bibliothek. Der junge Mann,
der Enkel, konnte mir nicht viel sagen, nur daß sein Großvater eine sehr hübsche junge Assistentin hatte. Wie findest
du das?«

»Mir ist aufgefallen, daß sehr hübsche junge Mädchen
häufig in Apotheken arbeiten.«

»Wenigstens fällt dir ab und zu überhaupt etwas auf. Wie
auch immer, sie ist nicht die Richtige. Der Enkel weiß, wo
sie gegenwärtig wohnt, und sie heißt Mrs. Lewis. Deshalb
muß ich woanders weitersuchen.«

»Was soll das heißen, die Richtige?« sagte Hugh mit un-
heilschwangerer Stimme.

»Meine nächste Aufgabe«, sagte Cecily, ohne auf seinen Ton einzugehen, »besteht darin, Leute ausfindig zu machen, die etwas mit diesem Fall zu tun hatten und Jones heißen. Will sagen, junge Frauen. Ich weiß jetzt, wo ich anfangen muß. Früher oder später werde ich auf eine Frau stoßen, die damals Assistentin in einer Apotheke war und dann einen Jones geheiratet hat.«

»Wozu?«

»Damit Gerechtigkeit geschieht«, sagte Cecily feierlich. »Damit die Wahrheit endlich ans Licht kommt. Ich betrachte es als meine Mission. Du weißt, Hugh, ich habe stets eine Mission. Es war schierer Zufall – weil Diana Richards es empfohlen hat –, daß wir nach Northwold gekommen sind. Du wolltest ja nach Lloret de Mar. Ich fühle, daß es uns bestimmt war hierherzukommen, weil es hier Arbeit für mich zu tun gibt. Ich bin überzeugt davon, daß Moore dieses Verbrechen begangen hat, aber nicht er allein. Er hatte eine Helferin, die, wie ich glaube, noch am Leben ist. Ich möchte, daß du mich jetzt nach Clacton fährst. Ich werde als erstes ein paar der ältesten Leute dort befragen.«

Also fuhr Hugh nach Clacton, wo er ein Pfund an einen einarmigen Banditen verlor. Unermüdlich setzte Cecily ihre Nachforschungen fort.

Mrs. Jones kam von der Morgenmesse in der Marienkirche, und obwohl sie gut zu Fuß und überhaupt nicht müde war – seit sie in Northwold lebte, schlief sie außerordentlich gut –, setzte sie sich für eine halbe Stunde auf ihre Lieblingsbank. Zwei ältliche Leutchen, die ebenfalls in der Kirche gewesen waren, saßen auf Jackson (Zum Andenken an Bertrand Jackson, 1859-1924, Philanthrop und Förderer der Künste).

Mrs. Jones nickte ihnen freundlich zu, sprach sie aber nicht an. Es war nicht ihre Art, Zeit mit Plaudern zu verschwenden, da es doch viel befriedigender war, sie mit Erinnerungen zu verbringen.

Ein blasser, grauer Makrelenhimmel, eine launische Sonne. Vielleicht würde es später aufheitern. Sie dachte an ihre Tochter, die zum Mittagessen kommen sollte. Brenda würde müde sein, denn die Kinder, so reizend sie auch waren, würden während der Fahrt zweifellos Nerven kosten. Die schönen Sirloin-Steaks, der Yorkshire-Pudding, die frischen Bohnen und das Schokoladeneis würden ihnen schmecken. Sie hatte eine Flasche Sherry gekauft, damit sie und Brenda und Brendas Mann vor dem Essen ein Glas trinken konnten.

Ihr Sohn und ihre Tochter waren sehr gut zu ihr gewesen. Sie wußten, daß sie ihrem Vater eine hingebungsvolle Frau gewesen war, und sie trugen ihr nicht nach, daß sie ihren Liebling immer am meisten geliebt hatte. Nicht, daß sie jemals zu ihrem Vater oder zu ihnen, als sie noch Kinder gewesen waren, von ihm gesprochen hätte. Das wäre unfreundlich und geschmacklos gewesen. Aber später hatte sie ihnen von ihm erzählt, und mit Brenda hatte sie, in überschwenglichen Augenblicken, über das lang vergangene Glück und den tragisch frühen Tod ihres jungen, gutaussehenden und begabten Lieblings gesprochen.

Vielleicht könnte sie sich am Nachmittag, wenn die Kinder und ihr Vater am Strand wären, den Luxus erlauben, ihn wieder einmal zu erwähnen. Diskret natürlich, denn sie hatte Mr. Jones immer geachtet und ihn in gewisser Weise geliebt, obwohl er sie nach Ipswich gebracht und nie die Höhen des Talents und Erfolgs erklommen hatte, wie sie ihrem Liebling beschert worden wären, hätte er länger gelebt. Ruhig und nicht unglücklich rief sie sich sein Gesicht in Erinnerung, seine Stimme und manche ihrer Gespräche.

Mrs. Jones fühlte sich in ihren Träumereien von dieser lästigen Frau gestört. Sie hatte sie schon früher gesehen, als sie auf der Promenade herumlungerte, und einmal, als sie die Inschrift auf der Bank studierte, der Bank, die Mrs. Jones als ihr eigen betrachtete. Eine häßliche, magere, neurotisch wirkende Frau, die manchmal in Gesellschaft eines sensibel aussehenden älteren Mannes und manchmal mit dem schamlosen Schnorrer, dem Jungen des alten Cottle, aufkreuzte, den Mrs. Jones in ihrer altmodischen Art einen Kneipenhocker nannte. Heute jedoch war sie allein, und zu Mrs. Jones' Bestürzung näherte sie sich ihr mit der Absicht, sie anzusprechen.

»Entschuldigen Sie bitte, wenn ich Sie einfach so anspreche, aber ich habe Sie schon so oft hier gesehen.«

»Ach ja?« sagte Mrs. Jones. »Ich habe sie auch gesehen. Leider muß ich jetzt gehen. Ich erwarte Gäste zum Mittagessen.«

»Bitte, bleiben Sie noch. Ich werde Sie bestimmt nicht lange aufhalten. Aber ich muß gestehen, daß ich mich wahnsinnig für den Fall Moore interessiere. Ich frage mich schon die ganze Zeit, ob Sie ihn vielleicht gekannt haben, weil Sie so oft hier sitzen.«

»Ich habe ihn gekannt«, sagte Mrs. Jones wie aus weiter Ferne.

»Das ist ja wahnsinnig aufregend.« Und die Frau sah sehr aufgeregt aus. »Vermutlich haben Sie ihn zum erstenmal gesehen, als er in den Laden kam?«

»Das ist richtig«, sagte Mrs. Jones und stand auf. »Aber ich will nicht darüber reden. Es ist sehr lange her, und am besten ist es, man vergißt die Geschichte. Auf Wiedersehen.«

»Ach, bitte . . .!«

Mrs. Jones ignorierte sie. Sie ging weitaus schneller als gewöhnlich und schweratmend den Weg in die Altstadt entlang. Sie war verwirrt und wütend und ziemlich verstimmt. Die alte Geschichte wieder auszugraben genau in dem Augenblick, als sie an die wunderbaren Ereignisse jener Zeit zurückdachte! Für diesen Tag, wenn auch hoffentlich nicht für die Zukunft, hatte die Begegnung die Bank für sie verdorben.

»Hast du einen angenehmen Tag mit Cottle verbracht?« sagte Hugh.

»Sprich mir nicht von diesem Mann. Stell dir vor, ich habe ihn angerufen, und eine Frau hat geantwortet! Wie sich herausstellte, ist sie eine Urlauberin wie wir, die ihn mit ihrem Auto nach Lowestoft gefahren hat. Ich hätte mitkommen können, wenn ich gewollt hätte. Nein, vielen Dank, habe ich gesagt. Ich muß dieses Mädchen namens Jones finden, habe ich gesagt. Und er hat geruht zu sagen, daß die Sache für mich allmählich zur Obsession würde. Und da habe ich ihm gehörig die Meinung gesagt, und damit ist Arnold Cottle für mich gestorben.«

Und meine zehn Pfund auch, dachte Hugh. »Und dann bist du an den Strand gegangen?«

»Bin ich nicht. Während du auf diesem Boot rumgetuckert bist, habe ich allein weitergeforscht. Und – wie ich hinzufügen kann – höchst erfolgreich. Erinnerst du dich an den alten Mann in Clacton, den im Altersheim? Heute ging es ihm so gut, daß er mit mir sprechen konnte, und ich habe ihn erschöpfend ausgefragt.«

Hugh sagte nichts. Er konnte sich vorstellen, wer erschöpft gewesen war.

»Schließlich«, sagte Cecily, »habe ich ihn dazu gebracht, daß er sich erinnerte. Ich habe ihn darum gebeten, sich alle Leute mit Namen Jones, die er je gekannt hat, ins Gedächtnis zu rufen. Und schließlich hat er sich an einen Polizisten aus dem Ort erinnert, einen Wachtmeister Jones, der ungefähr 1930 geheiratet hat. Und seine Braut hat in der *Apotheke am Ort* gearbeitet. Wie findest du das?«

»Soll das heißen, daß sie Moores Freundin war?«

»Liegt das nicht auf der Hand? Sie hieß Gladys Palmer. Und jetzt ist sie Mrs. Jones. Moore war in Clacton mit einem Mädchen gesehen worden. Dieses Mädchen hat in Clacton gelebt und in Clacton in der Apotheke gearbeitet. Es ist doch ganz offensichtlich, daß Moore ein Verhältnis mit Gladys Palmer hatte und sie überredet hat, ihm in der Apotheke, in der sie gearbeitet hat, Zyankali zu besorgen. Der *stichhaltige* Beweis dafür ist, daß die Apotheke – laut allen Büchern – eine der wenigen war, in der Moore *nie versucht hat, Zyankali zu kaufen.*«

»Das soll ein Beweis sein?« sagte Hugh.

»Natürlich. Zumindest für jeden, der mit schlußfolgernden Fähigkeiten begabt ist. Gladys Palmer bekam kalte Füße, als Moore unter Verdacht stand, und um sich zu schützen, hat sie einen Polizisten geheiratet, und der hieß Jones. Ist das nicht Beweis genug?«

»Und was beweist es deiner Meinung nach?«

»Du hast ein Gedächtnis wie ein Sieb. Der Barkeeper

in den Gekreuzten Schlüsseln hat doch gesagt, daß die alte Frau, die ständig auf der Rupert-Moore-Bank sitzt, Mrs. Jones heißt.« Cecily lächelte triumphierend. »Sie ist ein und dieselbe Person.«

»Aber es ist ein weitverbreiteter Name.«

»Kann ja sein. Aber Mrs. Jones hat es zugegeben. Heute vormittag, bevor ich nach Clacton gefahren bin, habe ich mit ihr gesprochen. Sie hat zugegeben, Moore gekannt zu haben, und kennengelernt hat sie ihn, als er in den Laden kam. Wie findest du das? Und sie war sehr nervös und verwirrt, das kannst du mir glauben, vermutlich mit Fug und Recht.«

Hugh starrte seine Frau an. Ihm gefiel überhaupt nicht, welche Wendung die Dinge nahmen. »Cecily, vielleicht war es so. Es hat den Anschein, aber es geht uns nichts an. Ich wünschte, du würdest dich nicht mehr um die Sache kümmern.«

»Nicht mehr darum kümmern? Seit fast fünfzig Jahren kommt diese Frau ungeschoren davon, obwohl sie am Tod von Mrs. Moore ebenso schuld ist wie Moore selbst, und du sagst, ich soll mich nicht mehr darum kümmern! Tagtäglich treiben sie ihre Schuldgefühle zu dieser Bank, oder etwa nicht? Jeder Psychologe wird dir das bestätigen.«

»Sie muß mindestens siebzig sein. Warum kannst du sie nicht in Ruhe lassen?«

»Ich fürchte, dazu ist es zu spät, Hugh. Es muß offizielle Ermittlungen geben, die Tatsachen müssen ans Licht. Ich habe drei Briefe geschrieben: einen an den Innenminister, einen an den Chefinspektor von Scotland Yard und den dritten an den Autor dieses höchst lückenhaften Buches. Sie liegen auf der Kommode. Vielleicht möchtest du sie lesen, während ich ein Bad nehme.«

Hugh las sie. Wenn er sie vernichtete, würde sie sie noch einmal schreiben. Wenn er ins Badezimmer ging und den Heizstrahler von der Wand riß, und er ins Wasser fiel und sie starb, und man nannte es einen Unfall ... Dann würden die Briefe nie abgeschickt werden, er könnte seine Werkstatt zurückhaben und mit hübschen Mädchen plaudern, die in Apotheken arbeiteten, den nächsten Urlaub an der Costa Brava verbringen, und er wäre frei. Er seufzte laut und ging hinunter in die Bar, um etwas zu trinken.

Gott sei Dank, dachte Mrs. Jones, daß diese Frau heute morgen nirgendwo zu sehen war. Nach der kurzen Unterhaltung gestern war sie für Stunden völlig durcheinander gewesen, auch noch, nachdem Brenda eingetroffen war, aber jetzt ging es ihr schon besser. Das Wetter hatte sich gebessert – leider, in gewisser Weise –, und alle Bänke waren besetzt. Außer Rupert Moore. Mrs. Jones setzte sich und stellte ihre Einkaufstasche auf den Boden neben ihre Füße.

Sie war sich der Nähe des Kneipenhockers bewußt, der auf Lubbock saß (Elizabeth Anne Lubbock, viele Jahre lang Rektorin der Northwolder Mädchenschule), zusammen mit einer Frau, die wesentlich jünger und besser gekleidet war als die andere. Nur mühsam gelang es ihr, sie aus ihren Gedanken zu vertreiben. Sie blickte auf die ruhige blaue See und spürte den warmen und festen Druck des Eichenholzes in ihrem Rücken und dachte an ihren Liebling.

Welch süße Liebe und Freundschaft sie verbunden hatten! Sie waren nur von kurzer Dauer gewesen, und dann waren Trennung und unerträgliche Einsamkeit an ihre Stelle getreten. Aber sie hatte recht daran getan, Mr. Jones zu heiraten, denn er war ein guter Ehemann gewesen und sie die Frau, die er sich immer gewünscht hatte, und ohne ihn gäbe es keinen Brian und keine Brenda und kein Geld, um sich das Haus zu kaufen und den Tag hierherzukommen und sich zu erinnern. Wenn ihr Liebling am Leben geblieben und der Vater ihrer Kinder wäre, und wenn er jetzt auf dieser Bank neben ihr sitzen würde und das Glück ihrer alten Tage wäre ...

»Entschuldigen Sie«, sagte eine Stimme, »ich bin hier aus dem Ort. Zufällig war ich gestern in Lowestoft, und jemand dort hat mir erzählt, er hätte gehört, daß sie in diese Ecke der Welt zurückgekehrt sind.«

Mrs. Jones blickte auf den Kneipenhocker. Sollte es niemals enden?

»Ich habe Sie oft hier sitzen sehen und mich gewundert, und als mir der Freund in Lowestoft Ihren jetzigen Namen genannt hat, wurde mir alles klar.«

»Ich verstehe«, sagte Mrs. Jones und griff nach ihrer Einkaufstasche.

»Ich möchte Ihnen nur sagen, wie sehr ich seine Arbeit bewundere. Mein Vater besaß ein paar bezaubernde Stücke von ihm – leider wurden sie alle verkauft –, man sieht sofort, daß diese Bank im Vergleich zu den anderen von einem wahren Künstler geschaffen wurde.« Ihr versteinertes Gesicht, ihre Feindseligkeit ließen ihn zögern. »Sie sind«, sagte er, »schon die, die ich meine, nicht wahr?«

»Natürlich«, sagte Mrs. Jones beleidigt; wieder ein verdorbener Tag. »Arthur Sarafin war mein erster Mann. Und jetzt muß ich wirklich gehen.«

Åke Edwardson
Winters Urlaub

Am Mittsommerabend besuchten wir ein paar Freunde und saßen auf der Terrasse unter einer doppelt aufgespannten Segeltuchplane. Es roch nach frischem Sommer und salzig vom Meer, das man in fünfhundert Metern Entfernung rauschen hören konnte. Der Regen war warm. Gegen Mitternacht tranken wir Whisky und lauschten einem zu Herzen gehenden Sänger, der im passenden lakonischen Tonfall von den Schmerzen der Liebe sang.

Am nächsten Morgen brannte die Sonne unbarmherzig vom Himmel herab. Es sollte der bis dahin heißeste Tag des Jahres werden. Die ganze Feuchtigkeit der vorangegangenen Monate lag noch in der Luft, und ich spürte eine tropische Wärme durchs Fenster dringen. Sonne nach dem Monsun. Draußen roch es wie in einem fernen Land. Es war still. Wie immer nach Mittsommer waren die Straßen menschenleer.

»Mußt du heute abend wirklich zu diesem Treffen gehen, Erik?«

Angela sah mich über den Tisch hinweg an. Die zweijährige Elsa hatte denselben Blick. Schon als ich den ersten Duft der Tropen verspürt hatte, war mir klar gewesen, da war was. Es war immer was.

»Verd ...«, sagte ich und brach mitten im Wort ab. Kinderohren hören mit.

»Verd!« rief Elsa.

»Es ist doch schließlich freiwillig«, meinte Angela.

»Würdest du etwa einen Rückzieher machen?« fragte ich.

»Du beantwortest eine Frage mit einer Gegenfrage«, erwiderte sie.

»Hast du eine Frage gestellt? Ich dachte, du hättest eine vage Behauptung zum Thema Freiwilligkeit gemacht.«

»Komm, nimm dir noch einen Kaffee«, sagte sie und lächelte.

Ich trank und sehnte mich hinaus in die Wärme.

»Ich habe es versprochen«, sagte ich nach einer Weile. »Ich bin doch sozusagen einer der Organisatoren.«

»Schon okay.«

»Klar ist das der falsche Tag heute. Einige werden ziemlich müde sein.«

»Hättet ihr nicht einen anderen Termin nehmen können?« Sie lächelte wieder. »Du bist doch sozusagen einer der Organisatoren.«

»Es war aber auch der einzige Tag, an dem man so viele Leute zusammenkriegt. Danach reisen viele schon wieder ab.«

Ich schenkte mir Kaffee nach und spürte die Müdigkeit aus meinem Körper weichen. Zu dem Zeitpunkt wußte ich noch nicht, daß das Klassentreffen an diesem Abend, das ich mit organisiert hatte, furchtbare Folgen haben würde.

Ein paar Leute hatten im letzten Moment abgesagt, aber die meisten waren gekommen. Unsere Gesichter waren zwanzig Jahre älter, und die Zeit war mit einigen gnädig umgegangen, mit anderen allerdings etwas weniger gnädig.

»Kommissar Winter hat sich fast nicht verändert«, sagte ein Typ, den ich wohl kaum wiedererkannt hätte, wenn er sich nicht vorgestellt hätte. Er hieß Erik, so wie ich. Erik

Werner. Dieselben Initialen, das hatte in der Schule manchmal zu Problemen geführt.

»Mit vierzig hat ein Mann das Gesicht, das er verdient«, antwortete ich.

»Heißt es nicht, mit fünfzig?« fragte Erik.

»In deinem Fall heißt es mit vierzig«, gab ich zurück.

»Wie scharfsinnig«, erwiderte er und ging davon. Ich wußte nicht so recht, was er damit meinte. Oder was ich selbst gemeint hatte.

Die ganze Veranstaltung wirkte ein wenig surrealistisch. Wir waren wie früher, aber zugleich waren wir andere Menschen, die unterschiedliche Reisen durchs Leben unternommen hatten. Ich konnte sehen, wer immer noch das Gefühl hatte, unterwegs zu sein, und wer meinte, seine Chancen verpaßt zu haben. Wie scharfsinnig!

Einige machten die Verluste, die ihnen das Leben zugefügt hatte, an der Bar wett. Ich selbst trank weniger als sonst.

Plötzlich stand Monika vor mir, meine alte Liebe. Sie war zugleich auch die erste gewesen.

»Wie geht es dir?« fragte sie.

»Gut.«

»Manchmal lese ich über dich.«

»Tu's nicht.«

»Magst du es nicht, wenn sie über dich schreiben?«

»Es geht dabei ja nicht um mich.«

»Worum dann?«

»Um Gewalt. Es geht um Gewalt. Am besten wäre es, da würde gar nichts stehen.«

Ein Mann hatte sich zu uns gesellt.

»Dann wärst du aber arbeitslos«, sagte er.

»Hallo, Per.«

Er nickte. »Ganz schön viel Wasser den Götaälv hinuntergeflossen, seit wir uns zuletzt gesehen haben.«

Jetzt war ich dran mit Nicken.

»Wir haben vor fünf Jahren geheiratet«, sagte er.

»Wie bitte?«

»Monika und ich.« Er legte den Arm um die Schultern seiner Frau. Sie lächelte, und ich meinte, ein wenig Verlegenheit in ihrem Lächeln zu erkennen. Oder Schüchternheit.

»Das wußte ich nicht.«

»Vor einem halben Jahr sind wir wieder nach Göteborg gezogen«, sagte Per. »Es hat uns gereicht in Stockholm.«

»Herzlichen Glückwunsch.« Ich erhob mein Glas. »Zu beidem.«

Hinter Per konnte ich Erik Werner sehen, der uns sein Gesicht zuwandte. Ich konnte mir seinen Gesichtsausdruck nicht erklären. Er sah aus wie hundert. Oder auch wieder wie zwanzig. Plötzlich erinnerte ich mich daran, daß Monika und Erik ein Paar gewesen waren. Ehe sie und ich eine Beziehung hatten, die kurz und ziemlich stürmisch war, jung und unreif zugleich. Vielleicht unschuldig.

Es war Erik Werner schwergefallen, über den Verlust von Monika hinwegzukommen. Jetzt sah er so aus, als habe er sie ein zweites Mal verloren.

Zwei Wochen waren seit dem Klassentreffen vergangen. Die Sonne schien wie verrückt, und die Leute begannen allmählich, über die Hitze zu klagen. Ich hatte gerade meinen Urlaub angetreten und hatte nicht vor zu klagen. Das Arbeitszimmer auf dem Polizeirevier war in den letzten Tagen wie ein Bunker gewesen.

Wir wollten gerade zum Strand fahren, als das Telefon klingelte.

»Monika ist verschwunden«, sagte Per gleich als erstes. Er schien nicht mehr Herr über seine Stimme zu sein. Ich hatte solche Stimmen schon oft gehört. Angst, blanke Nervosität, kurz vor der Panik.

»Was ist passiert?«

»Sie ist seit zwei Tagen weg«, sagte er. »Und hat keine Nachricht hinterlassen. Und jetzt frag nicht, ob das schon mal vorgekommen ist und diesen ganzen Quatsch, denn das ist es natürlich nicht, und ob wir uns gestritten haben und so weiter und so fort oder ob ich sie verprügelt habe oder ob sie einen Liebhaber hat oder irgend so einen verdammten Mist!«

»Ich habe noch gar nichts gefragt.«

»Ihr ist irgendwas passiert«, sagte er. »Und sie hat das Auto dabei.«

»Hast du sie schon als vermißt gemeldet?«

»Das tue ich doch gerade, Erik.«

Unsere kleine Familie fuhr nicht zum Strand. Angela seufzte, sagte aber nichts. Elsa begriff noch nicht, worum es ging, aber lange würde das nicht mehr dauern.

Nachdem Per mir noch ein paar Details erzählt hatte, brachte ich eine Vermißtenanzeige auf den Weg.

Wir verabredeten uns für zwei Stunden später zum Mittagessen. Ich hatte Urlaub, aber ich mochte ihn nicht einfach zu jemand anderen schicken. Ich konnte mich zumindest mit ihm treffen und dann meine Kollegen die Sache übernehmen lassen.

Außerdem gefiel es mir nicht, wenn Menschen einfach

verschwanden. Einige taten es aus freien Stücken, und nicht einmal das gefiel mir, aber wenn sie wegen eines Gewaltverbrechens verschwanden, dann machte mich das wütend.

Und schließlich hatte ich irgendwie einen persönlichen Anteil an dieser Sache.

Ich ging von zu Hause ins Restaurant auf der Avenyn und setzte mich draußen an einen Tisch. Irgendwo schlug eine Uhr. Ich bestellte ein Bier vom Faß und wartete.

Nach einer Viertelstunde begann der Kellner zu mir herüberzuschielen. Viele Leute warteten auf einen Tisch, und ich hatte noch nicht bestellt.

»Meine Verabredung ist schon unterwegs«, erklärte ich, als er näher kam. Außerdem hatte ich schließlich ein Bier bestellt, das so viel kostete wie das Tagesgericht.

Nach einer halben Stunde war mein Bierglas ebenso leer wie der Stuhl mir gegenüber. Ich wählte Pers Festnetznummer zu Hause, die er mir am Vormittag gegeben hatte. Eigentlich hatte ich sie nicht haben wollen, sie mir dann aber doch ins Adreßbuch geschrieben.

Der Anrufbeantworter verwies auf eine Handynummer. Ich rief dort an. Wieder ein Anrufbeantworter. Ich sah auf die Uhr. Er war eine Dreiviertelstunde verspätet. Ein merkwürdiges Benehmen für einen Mann, der verzweifelt nach seiner vermißten Frau suchte und jetzt von einem ... na ja, einem Experten Hilfe bekommen konnte.

Ich rief wieder an, es nahm aber niemand ab. Also hinterließ ich eine Nachricht und stand auf. Der Kellner warf mir wütende Blicke zu. Hier würde ich nie wieder hingehen.

Wir fuhren am Nachmittag zum Strand. Mein Handy hatte ich eingeschaltet, aber es rief nur meine Mutter aus ihrem

Haus in Nueva Andalucía an der spanischen Costa del Sol an. Die Happy Hour war angebrochen, das konnte man an ihrer Stimme hören. Ich konnte mir auch gut vorstellen, demnächst einen Gin Tonic zu mir zu nehmen.

Zu Hause angekommen, mixte ich mir einen, sehr kalt und sehr trocken. Ich versuchte noch einmal, Per zu erreichen, aber es war niemand da.

Elsa war schon im Auto eingeschlafen.

Wir saßen auf dem Balkon und sahen zu, wie der Himmel sich von der Abenddämmerung blau färbte. Es duftete nach Sommer in der Stadt.

»Das ist doch seltsam«, meinte Angela. »Was wirst du jetzt machen?«

»Urlaub«, sagte ich.

»Ich weiß ja nicht, ob ich das glauben kann.«

»Was sollte ich denn tun?«

Sie zuckte mit den Schultern. Wir hörten Elsa in ihrem Zimmer schreien. Angela stand auf, denn ich hielt gerade meinen Drink in der Hand.

Die beiden kamen zurück.

»Sie ist wieder wach.«

»Wie wäre es mit einem Spaziergang?«

»Gern.«

»Es ist nur ein paar Kilometer bis zu ... ihrem Haus. Dem von Per und Monika.«

»Dann haben wir ja ein Ziel«, sagte Angela.

Sie wohnten in einem Sieben-Parteien-Haus aus den dreißiger Jahren. Wenn es nicht bereits unter Denkmalschutz stand, dann war es wohl nur noch eine Frage der Zeit.

Es gab einen Fahrstuhl, und wir fuhren mit dem Kinderwagen hinauf. Der Fahrstuhl erinnerte an den in unserem eigenen Haus. Vom Treppenhaus gingen drei Türen ab, von denen eine einen Spalt offenstand. An der Tür stand »Sjölander«, das war Pers Nachname und jetzt auch Monikas.

»Die Tür ist ja offen«, meinte Angela.

Ich klingelte. Man hörte die Klingel sehr laut durch den Türspalt. Ich rief Pers Namen, aber es antwortete niemand. Elsa rief auch seinen Namen.

»Was sollen wir machen?« fragte Angela etwas ängstlich.

»Du fährst mit Elsa im Fahrstuhl hinunter und wartest da unten ein Weilchen auf mich.«

»Und du? Du wirst doch nicht da reingehen wollen?«

»Ich werde ihn noch einmal auf dem Handy anrufen.«

Ich wählte die Nummer, aber es hob niemand ab.

Angela hatte den Fahrstuhl geholt, der mit einem Seufzer, der alt und melancholisch klang, auf der Etage hielt.

»Ich muß doch nachsehen«, sagte ich.

Angela schüttelte den Kopf, rollte den Kinderwagen in den Fahrstuhl und fuhr hinunter.

Ich schob die Tür mit dem Ellenbogen auf und trat vorsichtig über die Schwelle. Ich hatte keine Waffe dabei. Auf dem Fußboden im Eingang lagen Kleider. Ich hörte das Brummen der Lüftung und von draußen gedämpften Verkehrslärm.

Rechts lag die Küche, ich ging hinein. Der Tisch war leer, aber in der Spüle stand sehr viel Geschirr, obwohl es eine fast leere Spülmaschine gab, deren Klappe geöffnet war.

Ich ging rasch durch die drei Zimmer der Wohnung, doch es war kein Mensch da. Die Zimmer waren von den abendlichen Lichtern der Stadt erfüllt, von Kreisen und Strahlen der untergehenden Sonne, vom Neonlicht und von den Straßenlaternen, die durch die nackten Fenster schienen.

In keinem Schrank versteckte sich jemand. Niemand lag unter dem Doppelbett. Keiner in der Badewanne.

Abgesehen von den wenigen Kleidungsstücken auf dem Fußboden im Eingang, schien die Wohnung nicht in Unordnung zu sein.

Ich ging wieder in den Flur und hörte, wie der Fahrstuhl sich auf und ab quälte.

Die Tür zur Wohnung hatte offengestanden.

Das gefiel mir nicht.

Plötzlich begriff ich, daß ich mitten in einem neuen Ermittlungsverfahren war. Immer mit der Ruhe. Er konnte aus irgendeinem Grund hinausgerannt sein und vergessen haben, die Tür hinter sich zu schließen.

Vielleicht hatte sie angerufen. Das war doch wichtiger gewesen, als sich mit Kommissar Winter zu treffen, der sowieso nicht mehr nötig war, da das Problem gelöst war, oder? Sie war nicht mehr verschwunden, und wenn sie Eheprobleme gehabt hatten, dann waren die jetzt vielleicht auch gelöst.

Vielleicht.

Ich ging wieder ins Schlafzimmer, wo der Anrufbeantworter stand, und drückte mit dem Zeigefinger, um den ich ein Taschentuch gewickelt hatte, auf »Play«.

Die einzigen Nachrichten auf dem Band waren meine eigenen.

Ich verließ die Wohnung, zog die Tür hinter mir zu und hörte, wie das Schloß einrastete.

Angela wartete unten. Elsa war wieder eingeschlafen.

»Es war niemand dort«, sagte ich.

»Schön«, sagte Angela.

»Ich weiß, was du denkst.«

»Du brauchst doch nicht auch noch im Urlaub den einen oder anderen Mord.«

»Nein.«

»Aber diese Sache kannst du nicht loslassen, oder?«

»Was würdest du tun?«

»Überlegen, ob ich der einzige Kripomann in Göteborg bin oder ob es noch einen anderen gibt, der die Sache untersuchen könnte, während ich Urlaub von all den schrecklichen Geheimnissen der Leute mache.«

»Wir haben ja nur einen kleinen Abendspaziergang hierher gemacht.«

Ich sprach mit meinem Stellvertreter bei der Kripo, Kommissar Bertil Ringmar. Er war gerade erst aus seinem Urlaub zurückgekommen, der hauptsächlich von Regen und heftigem Wind bestimmt gewesen war.

»Sollen wir ihn auch vermißt melden?« fragte er.

»Warte bis morgen.«

»Vielleicht machen sie gerade eine zweite Hochzeitsreise.«

»In einem der Schränke standen zwei Reisetaschen.«

»Jetzt sei doch nicht so konventionell«, meinte Ringmar. »Bist du noch nie bloß mit einer Zahnbürste in der Hosentasche verreist?«

»Im Badezimmer standen zwei Zahnbürsten in zwei Bechern.«

»Ha, ha. Na gut, wir warten, und in der Zwischenzeit bitte ich die Streife und die Leute vom Verkehr, sich ein wenig umzuschauen.«

»Gut.«

»Ich sehe mal im Register nach, dann können wir auch nach ihrem Auto Ausschau halten.«

Sie fanden das Auto. Bertil rief mich am nächsten Morgen an.

»Es stand draußen bei Näset. Leer.«

»Auf dem Parkplatz?«

»Ja.«

Näset. Die Badestelle am Meer. Von der Wohnung der Sjölanders, an die ich immer noch als Monika und Per dachte, waren es fast zwanzig Kilometer dorthin.

»Wir durchsuchen das Auto«, sagte Bertil.

»Ruf mich später wieder an.«

Ich trank ein Glas Wasser und war verwirrt oder eher beunruhigt. Das hier war kein guter Urlaub.

Angela kam mit frischen Wecken aus der Bäckerei unten im Haus. Ich holte Käse, Marmelade und Butter heraus. Die Wecken waren noch warm. Das Telefon auf dem Tisch im Flur klingelte, als ich gerade zum ersten Mal abbiß. Ich stand auf.

»Es ist wirklich schön, Urlaub zu haben«, sagte Angela in einem Ton, der vielleicht ironisch war.

»Die Leute haben vorne im Auto einen Zettel auf dem Fußboden gefunden«, sagte Bertil. »Unter der Gummimatte.«

»Und?«

»Eine Reihe von Zahlen. Vielleicht eine Telefonnummer.«

»Dann ruf sie doch an.«

»Ich dachte, daß du vielleicht ...«

»Gib sie mir.«

Er las vor, und ich notierte. Wir legten auf, und ich wählte die Nummer.

Kein Anschluß unter dieser Nummer. Es gab keinen Telefonanschluß mit dieser Nummer. Ich betrachtete die Zahlen. Sie sahen einfach aus wie eine Telefonnummer.

Ich hatte eine Idee und ging zum Schreibtisch, wo ich mir eine Liste mit Namen und Telefonnummern nahm, die ziemlich weit oben auf einem Stapel lag. Ich verglich die Nummern eine nach der anderen mit der auf dem Zettel. Keine stimmte genau überein, doch wenn man bei der Nummer auf dem Zettel aus einer Neun eine Vier machte, war sie mit einer auf der Liste identisch.

Ich wählte die Nummer und hörte es zweimal klingeln. Dann der Anrufbeantworter: »Ich bin gerade nicht zu Hause, aber ...« und so weiter. Eine Männerstimme, die ich kannte.

Erik Werner.

Das Klassentreffen.

Mein Namensvetter, jedenfalls so gut wie.

Ich hatte seine Adresse nicht, die bekam ich aber von der Auskunft. Hammarvägen. Ich fand die Straße auf dem Stadtplan. Nicht weit von Näsets Badvägen und vom Parkplatz.

Der Verkehr nach Näset raus war dicht. Der Sommer war da, vielleicht endgültig. Die Sonne brannte aufs Autodach.

Erik Werners Haus lag im Schatten. Es war eine weiße Ziegelvilla, wie die meisten Häuser hier. Werner schien es im Leben zu etwas gebracht zu haben. Die Garage stand offen, aber es war kein Auto da.

Er machte nicht auf, als ich klingelte. Im Grunde bestand der Alltag eines Kriminalkommissars doch zu einem ziemlich großen Teil daraus, an Türen zu klingeln, die niemals aufgemacht wurden.

Hinter mir hörte ich ein Auto, und als ich mich umdrehte, sah ich es in die Einfahrt einbiegen und vor der Garage stehenbleiben. Mein Namensvetter stieg aus.

»Irgendwann ist immer das erste Mal«, sagte er.

Vielleicht bezog er sich auf meinen Besuch. Vielleicht auf etwas anderes.

»Ich suche Per und Monika«, sagte ich.

»Du hättest niemals dieses verdammte Klassentreffen organisieren sollen«, sagte er.

»Ich habe nicht einmal ...«

»Zu viele alte, schlechte Erinnerungen«, fügte er hinzu.

Er stand jetzt sehr nah bei mir. Seine Augen hatten einen Ausdruck, den ich schon öfter gesehen hatte, bei Menschen, die schwere Verbrechen begangen hatten, grausame Verbrechen.

»Ich dachte, ich hätte das alles hinter mir gelassen«, sagte er jetzt.

»Wo sind sie, Erik?« fragte ich.

»Wo sind sie, Erik?« ahmte er mich höhnisch nach.

»Wir haben das Auto gefunden.«

»Ich habe ihn angerufen«, sagte Werner. Er sah zum Meer hinaus. »Genauso, wie ich auch sie gebeten habe, mich anzurufen, die verd...« Plötzlich lachte er und fixierte mich wieder mit diesem Blick. Seine Augen glühten wie von einer inneren schwarzen Sonne. »Jetzt wollen wir mal sehen, wie scharfsinnig du bist, Erik!«

Sabine Thomas
Mörderische Hitze

Katja blickte aus dem winzigen Fenster des Charter-Jets, der eben die Küste Floridas und die Bahamas überflogen hatte und jetzt direkt Kurs auf die Karibikinsel Palm Island nahm. Durch die mächtigen Wolkenbänke, die sich wie fantasievolle Zuckerwatte-Kreationen auftürmten, konnte man im blau glitzernden Meer vereinzelt kleine einsame Robinson-Inseln erkennen. In wenigen Minuten würde die Maschine zur Landung ansetzen, und Katja konnte es kaum erwarten, sich zusammen mit ihrer besten Freundin Eva am schneeweißen Sandstrand unter Palmen von dem strapaziösen Transatlantik-Flug und dem Stress der vergangenen Monate in der Werbe-Agentur zu erholen. Drei Wochen Sonne, Strand und Meer ...

»Gleich sind wir da«, seufzte Katja erleichtert und versuchte, ihre gefühllos gewordenen Arme und Beine zu strecken.

»Na endlich!« Eva klappte ihre beleuchtete Spiegel-Puderdose auf, um noch einmal ihr perfektes Make-up zu kontrollieren. »Ich dachte schon, dieser langweilige Flug würde nie enden!«

Als die beiden Freundinnen das Flugzeug verließen, schlug ihnen die tropische Hitze wie ein nasser Waschlappen ins Gesicht.

»Ich glaub, ich kipp gleich um«, stöhnte Eva und fächerte sich mit dem Bordmagazin Luft zu. »Diese schwüle Hitze ist ja mörderisch!«

»Wir werden uns schon daran gewöhnen«, beschwichtigte Katja die Freundin, obwohl sie ebenfalls nach Luft rang. »Laut Katalog gibt es gleich nach der Paßkontrolle einen erfrischenden Begrüßungsdrink.«

Eva rümpfte die Nase. »Salmonellen-Cocktail mit Eiswürfeln – nein danke!«

Katja verdrehte die Augen. Manchmal konnte Eva ihr ganz schön auf die Nerven gehen – sie hatte an allem etwas auszusetzen und war geradezu fanatisch in bezug auf ihre Gesundheit, ihr Gewicht und ihr Aussehen. Sie als eitel zu bezeichnen wäre eine glatte Untertreibung. Allerdings war sie tatsächlich sehr attraktiv und übte auf Männer eine geradezu hypnotische Wirkung aus. Obwohl Katja nicht gerade unattraktiv war, fühlte sie sich neben Eva manchmal wie eine unscheinbare graue Maus.

»Welcome to Palm Island!« Eine hübsche Insulanerin in farbenfroher Tracht bot ihnen lächelnd saftgefüllte Kokosnußschalen an. Eva machte eine verächtliche Handbewegung und ging einfach weiter. »We are in a hurry«, sagte Katja entschuldigend, obwohl sie einen unglaublichen Durst verspürte. Sie beeilte sich, die Freundin einzuholen, die bereits ein Taxi herangewinkt hatte und heftig mit dem Fahrer – einem Rasta-Man mit lustigen Dreadlocks – flirtete. Typisch Eva eben.

An der Rezeption bescherte Evas Augenaufschlag ihnen das schönste Zimmer mit atemberaubendem Blick auf den blau glitzernden Pool, den palmengesäumten Sandstrand und das türkisfarbene Meer.

»Wie im Paradies!« schwärmte Eva.

Katja lachte und intonierte: »Bacardi-Feeeeeeeling . . .«

Eva fiel mit ein: ». . . I am dreeeeeeeeeeaming . . .«

Kichernd fielen sie sich in die Arme.

»Komm, laß uns gleich runter an den Strand gehen«, schlug Katja vor. »Die Koffer können wir auch später noch auspacken!«

»Ich muß mich nur noch kurz frisch machen«, flötete Eva und verschwand mit ihrem Beauty-Case im Bad. Katja stöhnte, verdrehte die Augen und ließ sich auf ihr Bett fallen.

Hoffentlich dauerte es nicht allzu lange! Evas kosmetisch bedingte Verspätungen waren geradezu legendär. Wenn man sie abholen wollte, war sie meist noch im Bademantel, und zu Verabredungen kam sie grundsätzlich zu spät. Aber niemand schien ihr das so richtig übelzunehmen – außer Katja, die es langsam satt hatte, immer alleine in Kneipen, Bars und Restaurants herumzusitzen und Speisekarten auswendig zu lernen.

Katjas Befürchtungen bestätigten sich mal wieder: Eva duschte ausgiebig, erneuerte ihr Make-up und probierte diverse Frisuren und Outfits aus, bevor sie sich für einen dunkelblauen Badeanzug entschied, der ihre perfekte Figur vorteilhaft zur Geltung brachte. Darüber zog sie nach einigem Hin und Her ein hauchdünnes Baumwollkleid, passend zu ihrer Ray-Ban-Sonnenbrille. Schließlich drehte sie kokett eine Pirouette vor dem Spiegel. »Fertig!«

»Toll! Wir schaffen es gerade noch vor Sonnenuntergang«, frotzelte Katja genervt und erhob sich betont langsam.

Eva lachte und knuffte Katja freundschaftlich in die Seite. »Ich kann nun mal nicht anders«, sagte sie und setzte ihr strahlendstes Lächeln auf. Männer mochten bei diesem Lächeln schwach werden – Katja ging Evas Diva-Gehabe jedenfalls langsam auf die Nerven. Sie nahm sich fest vor, sich davon nicht den Urlaub verderben zu lassen. Vielleicht würde sie am Strand nette Leute kennenlernen, denen sie sich anschließen konnte, während Eva den Großteil ihres Urlaubs im Bad und vor dem Spiegel verbringen würde.

Durch den tropisch angelegten Hotelgarten liefen die Freundinnen hinunter zum Strand. Katja breitete ihr Handtuch im Schatten einer riesigen Kokospalme aus, die sich sanft im Wind wiegte, Eva entrollte ihr Badetuch in der prallen Sonne. »Ich bin schließlich hier, um richtig braun zu werden!« erklärte sie. Und mit einem Seitenblick auf Katjas blassen Teint fügte sie hinzu: »Ein bißchen Farbe könnte dir auch nicht schaden! Du solltest eine selbstbräunende Creme benutzen, damit du nicht so ungesund aussiehst.«

Katja verteilte demonstrativ ihre Baby-Sonnenmilch mit Lichtschutzfaktor 25 auf der Haut. »Ich bin mit der karibischen Sonne lieber vorsichtig. Schließlich sind wir in Äquatornähe. Und im Gegensatz zu dir habe ich nicht wochenlang im Solarium trainiert.« Sie reichte Eva die Flasche mit der Sonnenmilch. »Willst du?«

Eva schüttelte den Kopf. »Ich bevorzuge mein *Hawaiian Tropic Oil* mit Lichtschutzfaktor 2. Das macht im Nu knakkig braun.«

»Und spätestens morgen hast du einen Sonnenbrand mit Verbrennungsfaktor 1«, erwiderte Katja trocken. Eva ließ sich nicht beirren. Mit langsamen Bewegungen massierte sie das Sonnenöl in ihre bronzefarbene Haut. Sie zelebrierte diese Tätigkeit geradezu. Es schien, als würde sie sich selbst streicheln. Katja beobachtete sie verstohlen. Wahrscheinlich war das das Geheimnis ihrer Schönheit: Sie liebte sich selbst. Es war geradezu eine Augenweide, ihr zuzusehen, wie sie das Sonnenöl! auf ihrem Luxuskörper verteilte. Sie glänzte so sehr, daß Katja eine Sonnenbrille aufsetzen mußte, um nicht geblendet zu werden.

»Willkommen im Paradies!«

Katja setzte sich auf, schob die Sonnenbrille hoch und blinzelte in die Sonne. *Wow!* Der Bacardi-Werbespot wurde Wirklichkeit: Vor ihr standen zwei umwerfende Typen in bunten Surf-Shorts. Einer knackiger als der andere ...

»Hi!« rief Eva erfreut. »Seid gegrüßt, ihr Wassermänner!«

Katja hatte schon bessere Witze gehört, aber die beiden Beaus lachten lauthals. »Dürfen wir die zwei hübschen Meerjungfrauen zu einem Drink einladen?«

»Klar!« Eva erhob sich langsam und schlang lasziv einen geblümten Sarong um die schlanken Hüften. »Wir sind gerade erst gelandet und könnten eine kleine Erfrischung vertragen!«

»Wir wollten eigentlich gerade ins Wasser springen«, wandte Katja ein. Sie bereute augenblicklich, daß sie sich nicht ebenso aufgestylt hatte wie Eva. »Vielleicht später?«

Eva warf ihr einen vernichtenden Blick zu.

»Das Meer läuft euch nicht davon. Aber wir reisen bald wieder ab!« sagte der große Blonde mit gewinnendem Lächeln.

»Also gut«, seufzte Katja. Sie wollte ja nicht als Spielverderberin gelten.

»Das ist übrigens meine Freundin Katja«, sagte Eva beinahe entschuldigend. »Ich heiße Eva.«

»Und wer seid ihr?« fragte Katja, um ihren Faux-pas wiedergutzumachen. *Zurück auf Los!*

»Ich heiße Tom«, sagte der Dunkle und sah Eva tief in die Augen.

»Chris«, stellte sich der Blonde vor, ebenfalls in Evas Richtung.

Katja kam sich langsam überflüssig vor, wie immer, wenn sie zusammen mit Eva Männer kennenlernte. Bisher war es ihr egal gewesen, aber jetzt störte es sie plötzlich.

Denn dieser Tom gefiel ihr ausnehmend gut. *Genauso* hatte sie sich immer ihren Traummann vorgestellt. Wenn er jetzt auch noch Arzt oder Rechtsanwalt wäre ...

»Übrigens – Tom ist Arzt, und ich bin Rechtsanwalt«, sagte Chris. »Wenn ihr also irgendwelche Beschwerden oder Reklamationen habt, wendet euch am besten an uns. Bei medizinischen Beschwerden an Tom, für alles andere bin ich zuständig. Wenn die Sonne zu heiß ist oder eine Kakerlake durchs Zimmer rennt ...«

»Igitt!« quietschte Eva und tat so, als würde sie in Ohnmacht fallen. »Ich *hasse* Kakerlaken!«

Die beiden Männer lachten. Warum eigentlich? Katja grinste gequält und schlüpfte in ihr langes, sündteures Strandkleid, das plötzlich gar nicht mehr so toll aussah wie im Schaufenster der Boutique. Was sie auch anzog – neben Eva sah sie immer aus wie Aschenputtel! Auf dem Weg zur Beach-Bar nahmen Tom und Chris Eva in ihre Mitte, Katja hielt etwas Abstand. Sie fühlte sich so überflüssig wie eine Wärmflasche am Äquator.

Eva saß natürlich zwischen Tom und Chris, Katja nahm links neben Tom Platz. Der Bartender servierte vier eisgekühlte Drinks mit exotischen Früchten. Tom hob das Glas. »Auf das Paradies – und Eva!«

Katja wurde schlecht. Ob es an dem giftgrünen Drink lag oder an Evas albernem Gekicher, wußte sie nicht. Plötzlich wandte Tom sich um.

»Geht's dir nicht gut?« fragte er Katja und sah sie prüfend an. »Dein Gesicht ist fast so grün wie der Cocktail!«

Eva und Chris prusteten vor Lachen. Tom stand auf und legte fürsorglich seinen Arm um Katjas Schultern.

»Du solltest dich jetzt besser ein bißchen hinlegen. Wahrscheinlich macht dir der Jetlag zu schaffen. Und dann noch diese Hitze und Alkohol. Komm, ich bringe dich auf dein Zimmer.«

Eva sprang so heftig auf, daß ihr Glas überschwappte. »Laß nur, ich mach das schon. Schließlich ist sie *meine* beste Freundin!«

»Bis zum Abendessen bist du hoffentlich wieder fit«, Tom setzte sich wieder und lächelte. »Das karibische Spezialitäten-Buffet ist nämlich einsame Spitze!«

Katja wurde es schwindelig – vor Wut. Kaum kümmerte sich mal ein Traumtyp um sie, zerstörte Eva diese einmalige Chance durch geheucheltes Mitgefühl und die Beste-Freundin-Masche. Auf einmal. Im Aufzug sah Eva Katja prüfend an. »Du siehst wirklich schlecht aus«, sagte sie. Täuschte sie sich, oder vernahm Katja einen hämischen Unterton?

»Danke!« sagte sie patzig und wandte sich ab, als sie spürte, daß langsam Tränen in ihr hochstiegen. Tränen der Enttäuschung, der Verzweiflung und der Wut.

»Hey, ich hab's nicht so gemeint!«

Der Lift kam zum Stehen. »Mir ist schlecht«, murmelte Katja und rannte auf die Zimmertür zu.

»Um Gottes willen! Kotz bloß nicht den Teppich voll!«

Katja funkelte Eva wütend an. »Keine Angst, Prinzessin. Ich werde deine Gemächer schon nicht beschmutzen!«

Eva starrte die Freundin fassungslos an. »Was ist eigentlich los mit dir?« fragte sie irritiert. »Habe ich irgend etwas falsch gemacht?«

Katja schniefte und fuhr sich durch die Haare. »Ach, vergiß es ...«, sagte sie, ging auf den Balkon und ließ sich in den Liegestuhl fallen. Von hier oben konnte sie Tom und Chris an der Bar sehen. Die beiden unterhielten sich angeregt.

Wahrscheinlich teilten sie gerade ihre »Beute« auf und besprachen weitere Flirt-Strategien. Katja biß sich auf die Lippen. »Hör mal, Eva«, sagte sie und holte tief Luft. »Ich ...«

Eva legte ihre Hand auf Katjas Arm. »Schon gut. Der lange Flug, die Hitze ...«

Katja schüttelte energisch den Kopf. »Nein, das ist es nicht. Ich ... ich möchte dich um einen großen Gefallen bitten. Sozusagen stellvertretend für Weihnachten und Ostern gleichzeitig.« Sie lächelte etwas gequält.

»Na klar«, sagte Eva betont munter. »Schieß los!«

Katja zögerte. »Es ist wegen Tom. Ich weiß, es klingt blöd – aber ... ich glaube, ich habe mich verliebt.«

Eva blickte auf das Meer hinaus. Ihre Pupillen wurden schmal wie die einer Schlange. Sie zündete sich eine Zigarette an und inhalierte tief. »Du wirst lachen«, sagte sie langsam. »Ich auch.«

Eva belagerte das Bad genau 38 Minuten lang. Als sie wieder herauskam, sah sie aus wie eine strahlende Göttin. »Beeil dich!« sagte sie herablassend. »In genau fünf Minuten beginnt das Abendessen.«

Du Schlange, dachte Katja. Als sie sich im Badezimmerspiegel sah, schlug ihre Wut in Verzweiflung um: der Teint blaß und fahl, das Haar strähnig, tiefe Ringe unter den Augen.

Sie öffnete die Tür, lehnte sich resigniert an die Wand und blickte Eva an, die vor dem Spiegel ihren Schmuck anlegte und siegessicher vor sich hinsummte. »Warte nicht auf mich«, sagte Katja müde. »Ich habe keinen Hunger.«

Nachdem Eva gegangen war, setzte Katja sich wieder auf den Balkon und starrte aufs Meer hinaus. Das gleichmäßige Rauschen der Brandung verschmolz mit dem Rauschen der Palmen, die den weitläufigen Strand säumten. Am Horizont versank die blutrote Sonne im Meer, bevor die samtschwarze karibische Nacht mit Millionen von glitzernden Sternen hereinbrach.

Wie romantisch wäre ein nächtlicher Strandspaziergang, Hand in Hand mit Tom ...

Katja ballte die Fäuste. Von wegen Paradies – drei Wochen Urlaub mit Eva würden die Hölle werden!

Kurz nach Mitternacht schwirrte Eva ausgelassen-beschwipst ins Zimmer. Sie warf sich aufs Bett und seufzte selig. »Schade, daß du nicht dabei warst! Es war so ein netter Abend!«, schwärmte sie. »Die zwei Jungs sind echt total süß!« Katja antwortete nicht.

»Geht's dir besser?« fragte Eva nach einer kurzen Pause.

»M-m«, machte Katja.

Eva holte Luft, als wollte sie noch etwas sagen. Aber dann stand sie wortlos auf und ging ins Bad. Als sie zurückkam, stellte Katja sich schlafend.

Am nächsten Morgen wachte Katja ziemlich spät auf und blinzelte in gleißendes Sonnenlicht. Das Bett neben ihr war leer. Sie wickelte sich in ein Bettlaken, ging auf den Balkon und genoß den atemberaubenden Ausblick auf den Traumstrand. Das Meer glitzerte in verschiedenen Farbtönen von Türkis bis Tiefblau. Der Strand war menschenleer – nur drei bunte Badetücher und Evas Strandtasche störten das Bild vom unberührten Paradies.

Katja verbrachte den Tag allein auf dem Balkon. Sie hoffte, daß Tom sich vielleicht nach ihrem Befinden erkundigen würde – vergebens. Wahrscheinlich hatte Eva ihm glaubhaft versichert, daß sie völlig gesund sei. Lustlos blätterte Katja in Evas Lifestyle-Bibeln *Vogue* und *Madame*. Ab und zu warf sie einen verstohlenen Blick zum Strand, wo sich Eva mit ihren zwei neuen Bewunderern offenbar königlich amüsierte.

Später ließ sie sich vom Room-Service das Essen aufs Zimmer bringen, obwohl sie keinen sonderlichen Appetit verspürte. Sie fühlte sich irgendwie unwohl und ging früh zu Bett. Von quälenden Fieberträumen geplagt, wälzte sie sich unruhig von einer Seite zur anderen. Das kühle Laken klebte an ihrem erhitzten Körper.

Als sie am nächsten Morgen nach einer unruhigen Nacht erwachte, fühlte sie sich wie gerädert. Mit Bestürzung erkannte sie, daß ihre schlimmsten Alpträume Realität geworden waren: Evas Bett war unbenutzt. Katjas Herz raste. Ob Eva wohl die Nacht mit Tom verbracht hatte?

Zu Katjas größter Überraschung saß Eva ganz alleine auf der Frühstücksterrasse.

»Guten Morgen, Kati!« rief Eva gut gelaunt und winkte

fröhlich, so als wäre zwischen ihnen nichts vorgefallen. »Geht's dir wieder besser?«

»Guten Morgen«, antwortete Katja reserviert und setzte sich. »Dafür, daß du die ganze Nacht nicht geschlafen hast, siehst du erstaunlich frisch aus«, stichelte sie.

Eva biß unbekümmert in einen Toast mit Orangenmarmelade. »Man döst doch tagsüber soviel am Strand«, entgegnete sie lächelnd.

Katja köpfte ein Ei und schwieg.

»Wie wär's mit einem kleinen Ausflug?« schlug Eva vor. »Auf der anderen Seite der Insel gibt es traumhafte Korallenbänke. Du weißt doch, wie sehr ich Korallen liebe! Wir könnten uns ein Boot leihen und zum Riff hinausfahren.«

Katja hob erstaunt die Augenbrauen. »Und was ist mit deinen beiden Verehrern?«

Eva tat unschuldig. »Du meinst Tom und Chris? Die sind auf Tauchstation gegangen – im wahrsten Sinne des Wortes. Tiefseetauchen mit Sauerstoff-Flaschen und allem Drum und Dran. Den ganzen Tag unter Wasser – das ist nichts für mich!«

Katja spielte unentschlossen mit ihrer Serviette. »Von mir aus«, stimmte sie schließlich zögernd zu. Eva strahlte. »Prima! Ich geh schon mal an den Strand und organisiere ein Boot. Beeil dich!«

Katja sah der Freundin mit gemischten Gefühlen nach. Irgend etwas hatte sich seit der Ankunft auf Palm Island zwischen ihnen verändert ...

Als Katja den Strand erreichte, flirtete Eva bereits mit dem gutaussehenden Beachboy, der für den Bootsverleih zuständig war. Er beachtete Katja kaum, hatte nur Augen für Eva. Kein Wunder – in ihrem neuen Bikini sah sie einfach hinreißend aus. Katja musterte sie neidvoll. *Was hat sie, das ich nicht habe?!?*

Der Rastafari schob das bunt bemalte Dingi durch den schneeweißen Sand und half den Freundinnen beim Einsteigen in das schaukelnde Boot. »Have fun!« rief er und zwinkerte Eva zu. Eva schenkte ihm ein Lächeln. »See you later!« gurrte sie verführerisch. Dann warf sie den Motor an. »Festhalten!« warnte sie lachend und gab übermütig Gas.

Das kleine Boot zischte los und hüpfte munter über die Wellen. Katja klammerte sich nervös am Bootsrand fest. Ihr Magen rebellierte. »Fahr bitte nicht so schnell« bat sie. Eva drosselte sofort die Geschwindigkeit. »Spielverderberin«, maulte sie leise. Schweigend fuhren sie an der unberührten Küste entlang.

Nach einer Weile erreichten sie das Riff. Geschickt manövrierte Eva das kleine Boot an den scharfkantigen Korallen vorbei und warf den Anker aus. Dann knotete sie lässig ihre langen Haare zusammen und setzte eine Taucherbrille mit Schnorchel auf. Selbst damit sah sie noch umwerfend aus.

Mit einem gekonnten Hechtsprung tauchte sie in das glasklare Wasser ein. »Komm rein! Es ist traumhaft schön!« rief sie und kraulte ein paar Meter. Elegant wie eine Seeschlange glitt sie durch das türkisfarbene Wasser. Katja beobachtete sie mit einer Mischung aus Faszination und Abscheu. Eva, die Schlange im Paradies. Es könnte so schön sein ohne sie.

»Komm schon!« rief Eva und spritzte übermütig mit Wasser.

Katja blickte zurück zum Ufer und erschrak. Palm Island

schien unendlich weit weg zu sein. Jedenfalls viel zu weit, um zurückzuschwimmen ...

Die Luft flimmerte am Horizont. Es war heiß, höllisch heiß. Die karibische Sonne brannte erbarmungslos vom Himmel.

Katja atmete schwer. Eine Abkühlung würde jetzt gut tun. Sie bräuchte nur ins Wasser zu springen. Aber irgend etwas hielt sie davon ab. Vielleicht hatte Eva sie mit Absicht aufs offene Meer gelockt? Was, wenn Eva plötzlich ins Boot kletterte und sie zurückließ, um sich der lästigen »Spielverderberin« zu entledigen und den Rest des Urlaubs ungestört mit Tom verbringen zu können???

Dieser Schlange war alles zuzutrauen. Sie würde natürlich erst nach Sonnenuntergang alleine ins Hotel zurückkehren und unter Tränen berichten, daß ihre beste Freundin »plötzlich« ertrunken sei.

Währenddessen hätte Katja tatsächlich schon längst den verzweifelten Kampf gegen die starke Strömung verloren und würde am nächsten Morgen als aufgequollene Wasserleiche an den Strand gespült werden ...

»Nun komm schon ins Wasser, sonst hol ich dich!« drohte Eva lachend und kraulte langsam auf das Dingi zu. Katja grinste diabolisch. O nein, Eva, ich falle auf dich nicht herein wie Tom und all die anderen. Ich habe dich durchschaut, du falsche Schlange. *Das Spiel ist aus!*

Mit einer blitzschnellen Bewegung kappte sie den Anker und startete den Motor.

»Hey!« schrie Eva. »Was soll das?!«

Katja warf boshaft lachend den Kopf zurück und gab Vollgas. Das kleine Boot bäumte sich auf wie ein wilder Mustang.

»Katja! Bist du verrückt geworden?! Kaaatjaaaaaaa!«

Das Aufheulen des Motors übertönte Evas hysterische Schreie. Katja blickte sich um und sah ungerührt, wie ihre beste Feindin in wilder Panik um sich schlug, daß es nur so spritzte. Dann wandte sie sich wieder nach vorne und konzentrierte sich auf das vor ihr liegende messerscharfe Korallenriff. Spätestens hier würde Eva scheitern. Bei dem Gedanken an Evas Faible für Korallenschmuck mußte Katja beinahe lachen ...

Kurz vor der Küste schaltete Katja den Motor aus. Einen kurzen Moment verharrte sie in der plötzlichen Stille. Dann atmete sie tief durch, schloß die Augen, lehnte sich entspannt zurück und lauschte andächtig dem monotonen Rauschen der Wellen, die leise plätschernd gegen das sanft schaukelnde Boot schlugen, während die Sonne ihren Zenit erreichte und die mörderische Hitze sich langsam über die einsame, verschwiegene Bucht legte.

Sabine Deitmer
Der erste Sommer

Sie konnte sich gut an den ersten Sommer erinnern.

Der Tag, an dem die Vorbesitzer ihr die Schlüssel über-
geben hatten, war noch ganz frisch: ein strahlend sonniger
Erster Mai mit tiefblauem Himmel, üppig blühenden Ma-
gnolien und einem Fesselballon, der schwerelos über das
Häuschen hinwegschwebte. Ihr erster Sommer mit Garten. Sie konnte gar nicht genug davon kriegen. Abend für
Abend saß sie mit einer Flasche Weißwein, die sie in ein nas-
ses Geschirrtuch eingeschlagen hatte, auf der Terrasse und
wünschte sich, daß dieser Sommer nie enden möge. Daß
die Luft immer so lau und sanft bliebe und der Sternenhim-
mel über ihr nie seine Sterne verlieren würde. Nachts lief sie
manchmal mit nackten Füßen über den Rasen. Einfach so.
Und legte sich danach glücklich in ihr Bett. Kein einziger
Regentropfen trübte die Erinnerung an den ersten Sommer,
obwohl der Verstand ihr sagte, daß es auch in diesem Sommer geregnet haben mußte.

Auch die Nachbarn waren eine Freude im ersten Sommer. Laut und selbstsicher besetzten sie ihre Gärten. Machten sich breit auf den langen Rasenstücken, ließen zum Wochenende Bierfässer anrollen und füllten die Luft über den
Gärten mit dem Geruch von Holzkohle und dem Zischen
von Fett, das in den Flammen verglühte. Munter warfen
sie einander Worte über die Gitter ihrer Zäune zu, und sobald die Sonne untergegangen war, plapperten sie leise
und verhalten. Die bunten Lampions, die sie quer durch ihre
Gärten spannten, machten aus ihren Köpfen lustige grüne,

blaue, rote und gelbe Luftballons. Den ganzen Sommer hindurch hallte es fröhlich durch die Gärten. Die Frauen riefen nach ihren Kindern, die Kinder riefen nach den Hunden, die Männer hauten ihren Frauen auf die Hinterteile, und die Katzen kreischten ihre Paarungsschreie in die warmen Nächte bis hinauf in die Schlafzimmer der Menschen.

Die Männer gingen nachmittags, wenn sie von der Arbeit kamen, in die Werkzeugschuppen und holten sich ihre Sägen, durchsägten Baumstämme und ließen die Luft vor Männlichkeit erzittern. Mit ihren Bohrern stemmten sie die Wände der Häuser auf. Sie rissen Steine aus dem Boden, und sie versetzten Mauern. Unermüdlich tönte die Botschaft männlichen Schaffensdrangs durch die kleine Vorstadtstraße mit den Reihenhäusern. Die Frauen stemmten stolz die Arme in die Hüften, und das spornte die Männer an, noch mehr zu bohren und zu werken und zu schaffen. Und die Männer stemmten mit doppelter Kraft die Eisenträger für die Fundamente, mischten Beton in einer Ecke des Gartens und gossen den zähflüssigen grauen Brei aus der Blechtrommel in die warme Erde. Für riesige Panoramascheiben rissen sie Steine aus den Wänden, und für neue protzige Terrassen verlegten sie rosafarbene Marmorplatten. Und nie wurden sie müde. Die Frauen waren so rund und stolz wie die frisch gewaschene Wäsche auf der Leine, wenn der Sommerwind sie blähte, und rochen nach ihren Johannisbeergelees und frisch gebackenen Apfelkuchen, die sie am Nachmittag in die Gärten trugen. Und dann und wann sah sie die Nachbarn sogar zwischen Tagesschau und Spielfilm stumm unter den Bäumen sitzen, die Kinder schon im Bett. Wenn es keine Gäste gab, waren die Gärten sonst meistens schon ab acht wie leer gefegt. Die Plastikstühle ordentlich gestapelt, die Tische vom Rasen geräumt. Nur wenn der Wetterdienst Regen ansagte, deckten sie noch schnell ihre Hollywoodschaukeln mit Plastikplanen ab.

Von der neuen Nachbarin nahmen sie kaum Notiz in diesem ersten Sommer. Nicht, daß sie sie ignoriert hätten, nein. Ab und zu flog ein Kommentar über den Zaun zu ihr herüber, in den meisten Fällen das Wetter betreffend. Und die Nachbarn links waren sichtlich erleichtert, daß sie nichts gegen die paar Hühner hatte, die hin und wieder aus ihrer Umzäunung flüchteten, um an dem frischen Grün in ihrem Garten zu knabbern. Und alle grüßten sie freundlich aus ihren Gärten im ersten Sommer. Sie schienen sich nicht von ihr gestört zu fühlen, obwohl es für die Straße schon ungewöhnlich war: eine Frau allein, eine Frau allein in so einem Reihenhaus. Sicher, es gab einige wenige Witwen in den umliegenden Straßen. Aber die bewohnten ihre Häuser nicht allein, hatten zumindest ein Zimmer an einen Studenten vermietet, wenn nicht die ganze untere Etage an eine richtige Familie. Aber eine Frau so allein ...

Im ersten Sommer war es fast so, als ob sie niemanden mit ihrem Anderssein störte. Ganz im Gegenteil. Fast mitleidig sahen die Frauen sie an, wenn sie nach der Arbeit müde und abgespannt ihre Liege im letzten noch verbliebenen Sonnenflecken des Gartens aufstellte und ihr vor Müdigkeit das Buch aus der Hand fiel. Ganz besonders stolz wiegten sie sich dann in den Hüften. Auch das Unkraut, das bei ihr im ersten Jahr so üppig sproß, störte niemanden. Um so mächtiger dröhnten die Rasenmäher in den anderen Gärten. Und als sie sich nach Wochen dazu aufraffte, ihre Wiese mit dem Mäher zu stutzen, beobachteten alle amüsiert, wie ihr kleiner Elektromäher im hohen Gras versackte, und eine Nachbarin bot ihr gutmütig den eigenen, kräftigeren Mäher an. Ein Angebot, das sie ausschlug.

Der erste Winter war ruhig und friedlich. Bis auf die Wochenenden, wo durch die Brandmauern, die ihr Haus mit dem der Nachbarn verbanden, das Dröhnen von Bohrern zu ihr herüberdrang. Es war ihr ein Rätsel, was es den ganzen Winter lang im Inneren dieser kleinen Häuser zu bohren gab. Sie blieben freundlich im ersten Winter. Die Frauen nahmen Pakete an, die sie nicht selbst entgegennehmen konnte, da sie arbeiten ging. Höflich reichten sie sie ihr abends über die Schwelle der Haustür. Nur für die Briefe mit Nachporto fand sich niemand, der das Geld vorstreckte. Dafür mußte sie samstags in die Stadt, um sie von der Hauptpost abzuholen.

Im zweiten Jahr war die Stimmung umgeschlagen. Sie konnte sich noch genau an das Wochenende erinnern. Ein Frühsommerwochenende wie aus dem Bilderbuch mit südlichen Temperaturen. Der Apfelbaum verlor in der Hitze seine weißen Blüten, und sie hatte Besuch von einer Freundin, die sie schon seit Jahren nicht mehr gesehen hatte. Anscheinend war es dieses Wochenende, das für sie so unerwartet erholsam und heiter gewesen war wie schon lange kein Wochenende mehr, das zu einem Stimmungsumschwung führte. An diesem Wochenende hatte sie nichts getan, um die Nachbarn bewußt zu provozieren, und doch mußte das Wochenende eine einzige ungeheure Provokation für sie gewesen sein. Eine Provokation, die die gesamte Häuserzeile bis in ihre Grundfesten erschütterte.

Sie hatte nur dagesessen mit der Freundin. Zwei Tage lang waren sie bis in die späten Abendstunden nicht von den duftenden Blüten gewichen, die der Apfelbaum von sich warf. Berauscht von diesem Duft hatten sie auf ihren klapprigen Liegen gehockt, gesessen, gelegen und über Dinge geredet, über die sie seit langem schon nicht mehr zu reden gewagt hatten. Ein Wochenende, so leicht und schwerelos wie die Apfelblüten, die ihnen in die Haare wehten. Bis heute wußte sie nicht, was an diesem Wochenende tatsächlich geschehen war. Ob es die totale Verweigerung war, irgend etwas Nützliches zu tun, wie Unkraut jäten oder Rasen mähen oder Hecken schneiden, was die Nachbarn irritierte? Ob das das Unerhörte war, nichts Nützliches zu tun und es sich einfach wohlergehen zu lassen? Nur so dazuliegen und zu reden ... Oder ob es die leichte Kleidung war, mit der sie sich auf ihren Liegen räkelten ... Übermütig hatten sie einmal keine Rücksicht auf die Männer der anderen Frauen nehmen wollen und sich lustvoll und leicht bekleidet der Sonne entgegengereckt. Aber vielleicht war es auch das nicht. Damit wären die Nachbarn klargekommen, die Männer wie auch die Frauen, eine alleinstehende Frau von Anfang Vierzig mit einer um einige Jahre jüngeren Freundin, die leicht geschürzt unter einem Apfelbaum kampierten. Schließlich waren sie nicht im Garten auf und ab gelaufen, um sich zu zeigen, sondern hatten sich diskret unter die schützenden Zweige des blühenden Baumes zurückgezogen.

Die eigentliche Provokation war wohl eher Michael, ihr junger Freund, der vor ein paar Wochen zu ihr gezogen war. Michael mit seinen blonden Locken und dem warmen Lachen. Die Augen der Nachbarinnen glänzten wie frisch poliert, wenn er sich mit ihnen über den Zaun hinweg unterhielt. Die Männer beäugten ihn mißtrauisch. Und obwohl sie ihn an den Wochenenden zuvor als einen der ihren anerkannt und ihm Tipps für die Anlage eines Frühbeets gegeben hatten, schien er sich jetzt sämtliche Sympathien auf einen Schlag total verscherzt zu haben. Dieser junge Mann, der das ganze Wochenende hindurch mit dem Tablett in der Hand Kaffee, Kuchen und andere Köstlichkeiten aus dem Haus zu zwei Frauen unter einem Apfelbaum trug und sie danach ganz selbstverständlich wieder sich selbst überließ und ins Haus zurückging, war etwas Unerhörtes, nie Dagewesenes in den Gärten. An diesem Punkt kippte die Stimmung um. Lauter und herrischer als sonst verlangten die Männer an diesem Abend in den Nachbargärten nach ihrem Bier und nach ihrem Korn, und die Frauen brachten ihnen das Gewünschte stumm und stolpernd.

Danach verteilten sie ihre Stühle und Tische und Liegen nie mehr über die gesamte Länge der Gärten. Sie stellten sie nah zueinander, gleich neben die Treppenaufgänge zu ihren Terrassen. Wie Opfer einer Katastrophe, die sich aufgrund äußerer Bedrohung ihres Lebens zusammenrotteten. Die Wäsche hing im zweiten Sommer schlapp auf den eisernen Wäschespinnen, und es schien, als ob die Meisen zunehmend von unheilvollen schwarzen Drosseln verdrängt würden. Bunte Lampions hängten sie jetzt nur noch auf ihre Terrassen dicht am Haus. Nach Einbruch der Dunkelheit lagen die Gärten stumm und schwarz hinter den Häusern. Wenn sie am Wochenende Besuch hatten, wich das verhaltene Grölen des ersten Sommers einem dumpfen Grollen, das langsam anschwoll wie ein Gewitter, das am Horizont aufzieht. Und lachen, so laut und unbekümmert wie im ersten Sommer, hörte sie sie nie mehr. Selbst zu ihren Komposthaufen neben den Hecken am Ende der Gärten liefen sie kaum noch. Dorthin trauten sie sich nur tagsüber, wenn sie und ihr Freund zur Arbeit gegangen waren.

Am Ende des zweiten Sommers scherzte keine der Frauen mehr mit Michael über den Zaun. Gerade, daß sie noch von ihren Terrassen grüßten, aber wenn Michael ihre Augen suchte, um ihnen zuzulächeln, wichen sie seinem Blick aus.

Während des zweiten Winters war es an den Wochenenden merkwürdig still. Keine Bohrgeräusche, keine polternden Schritte dröhnten mehr durch die Wände. Es war, als hätte die Kälte jede Lebensäußerung erstickt. Als sie bei einer Nachbarin ein Päckchen abholte, das diese für sie angenommen hatte, war sie erschreckt. Die Frau, die im ersten Sommer noch lachend die Hühner durch den Garten gescheucht hatte, war kaum wiederzuerkennen. Die Augen waren stumpf und von dunklen Ringen umrandet. Sie konnte nicht umhin, der Einladung zu folgen und sich an den Tisch zu setzen, um mit ihr einen Weinbrand zu trinken. Die Frau zeigte auf einen Mann, der stumm auf einer Couch saß und die Flammen eines Kaminfeuers betrachtete.

»Er spricht nicht«, klagte sie, und ein Sturzbach gequälter Laute brach aus ihr hervor. »Er spricht nicht.«

Der Inhalt dessen, was sie sagte, war weniger bedrückend, als es die Macht war, mit der die Worte aus ihr hervorbrachen.

»Er redet nicht. Er kann einfach nicht reden. Einmal bin ich fortgegangen«, sagte sie hilflos. »Wir haben beide allein gelebt. Aber allein waren wir nichts. Wir sind nur wer, wenn wir zusammen sind.«

Der Mann sagte kein Wort und starrte weiter in die Flammen.

Sie hatte belanglose, tröstende Worte gemurmelt und die Flucht ergriffen. Es gab nichts zu sagen und nichts zu tun. Seither schickte sie Michael, wenn eine Nachricht im Briefkasten lag, daß die Nachbarn ein Päckchen oder ein Paket entgegengenommen hatten. Er wurde nie ins Haus gebeten.

Im dritten Sommer, der sich durch einen wunderbaren Frühling ankündigte mit langen Sonnenstunden, in denen sie alle Türen und Fenster des Hauses offenstehen ließen, einem Frühling, in dem zwei Meisenpaare in ihrem Garten nisteten – in diesem wunderbaren Frühling, in dem die Heckenwege nur so summten von Vögeln, die hier ihren Nistplatz gefunden hatte, und in dem darauffolgenden Sommer blieben die Fenster der Nachbarn verschlossen. Niemand saß mehr auf den Terrassen. Schon früh am Abend ließen sie die Jalousien herunter und verkrochen sich in ihren Häusern. Nur die Kinder liefen die Straße hinunter bis zur nächsten Bude, um sich Süßes zu holen, und die Teenager flitzten auf ihren Fahrrädern um das Karree, sobald es wärmer wurde.

In diesem dritten Sommer lag sie wieder allein unter dem Apfelbaum in ihrem Garten. Michael war ausgezogen. Die Nachbarn hatten hinter den Gardinen gestanden und auf die Straße gestarrt, als an einem Samstagvormittag ein gelber Umzugswagen von Michael und seinen Freunden vollgeladen wurde. In den Wochen nach Michaels Auszug fingen die Männer wieder an, in den benachbarten Gärten umherzulaufen. In alter Geschäftigkeit versetzten sie Zaunpfähle und hackten Äste ab, die von den Nachbargrundstücken zu ihnen herüberwucherten. Übertrieben forsch grüßten sie in ihre Richtung, schwangen ihre Werkzeuge und boten sich an, ihr in Haus oder Garten zu helfen. Eine Frau so allein . . .

Sie überlegte noch, ob sie von nun an die Terrassentür nachts lieber schließen sollte, als einer von ihnen sie spätabends, als sie von dem Besuch bei einer Freundin nach Hause kam, überraschte. Er hatte in völliger Dunkelheit auf dem Sofa in ihrem Arbeitszimmer gesessen und auf sie gewartet. Sie machte das Licht an, und er nahm seinen Kopf in die Hände und fing an, leise zu schluchzen.

»Laß uns in Ruhe«, schluchzte er. »Laß uns in Ruhe.«

Sie setzte sich neben ihn auf das Sofa und wartete. Er war ein klobiger Mann von einigem Gewicht und tief in die Polster eingesunken. Sie konnte sich nicht erinnern, ihn je gesehen zu haben. Er hörte auf zu schluchzen, legte die Arme neben seine Oberschenkel auf die Polster und fragte:

»Was willst du von uns?«

»Ich will nichts«, gab sie ihm ruhig zur Antwort. »Was sollte ich von euch wollen? Ich habe ein Dach über dem Kopf. Das reicht mir. Ich tue euch doch nichts.«

»Das ist nicht wahr. Du haßt uns. Du bist hierhergezogen, weil du uns haßt. Seit du da bist, ist alles anders. Unsere Frauen schlafen nicht mehr mit uns. Du hast sie verhext. Du und dein blonder Freund, ihr habt ihnen Flausen in den Kopf gesetzt.«

»Jetzt bin ich wieder allein.«

»Das macht es noch schlimmer. Du bist eine Frau, die allein sein kann. Unsere Frauen können das nicht. Aber jetzt haben sie Flausen im Kopf. Sie schlafen nicht mehr mit uns, und sie kochen giftige Kräuter aus dem Garten und mischen sie uns unter das Essen. Das ist deine Schuld.«

»Das bildest du dir ein. Geh nach Hause zu deiner Frau. Du wirst sehen, alles wird gut.«

»Und die Magenschmerzen, bilde ich mir die vielleicht ein, die verdammten Magenschmerzen bei jedem Bissen, den ich zu Hause zu mir nehme?«

Nachdenklich machte sie die Tür hinter ihm zu.

Sechs Wochen später hielt ein Leichenwagen vor der Tür eines der benachbarten Häuser. Der Lavendel in ihrem Garten blühte so kräftig wie nie, und dicke gelbbraune Hummeln umschwirrten ihn in Scharen.

Am nächsten Tag rief sie einen Makler an, um das Haus zu verkaufen.

Nedra Tyre
Ein Mord aus Hilfsbereitschaft

Dieser Frühsommermorgen hätte gar nicht schöner sein
können, und Mary Williams hätte niemals gedacht, daß
der Tod so nahe war wie die Rosen im Garten oder die Rot-
kehlchen im Kirschbaum vor dem Küchenfenster. Gewalt
war etwas Fernes, und als der Morgen allmählich in den
Mittag überging und das Essen im Backofen und auf dem
Herd garte, war das große, weitläufige Haus von nichts als
Liebe erfüllt.

Dann war plötzlich alles gleichzeitig fertig, und sie war
vollständig davon in Anspruch genommen, die Flammen
abzudrehen und das Essen aus Töpfen und Pfannen auf Tel-
lern anzurichten, die sie in das Speisezimmer trug und auf
den Tisch stellte. Dann ging sie in die Küche zurück, um
ihre gestreifte Baumwollschürze gegen eine aus Organdy
auszutauschen.

»Mary.«

Ihr Mann rief von der Treppe, die zum Dachgeschoß
führte, nach ihr. Das Dachgeschoß hatte es ihm angetan.
Er arbeitete dort lieber als in seinem Arbeitszimmer. Den
Krimskrams dort oben zu durchstöbern verlor nie seinen
Reiz für ihn.

»Ja, Liebling«, rief sie zu ihm hinauf. Die Zuneigung in
ihrer Stimme entsprach ganz der, die in seiner lag.

Seine Schritte näherten sich. Sie wirkten leicht und freu-
dig – eine junge Gemse, die auf Bergeshöhen entlanghüpft,
hätte sich nicht sicherer bewegen können. Es war immer
noch unbegreiflich, daß ihr so agiler, lebhafter Mann als

Leiter der Mordkommission schon vor fünf Jahren in den Ruhestand versetzt worden war.

Seine flinken Schritte kamen näher, und schließlich hörte sie, wie er das Speisezimmer betrat. Dann war es still, und sie wußte, daß seine Augen beim Anblick des Spargels aufleuchten würden. Gepriesen sei Mr. Martin, der ihn extra für sie aufbewahrt hatte – er war wirklich ein liebenswürdiger Mensch und so ein tüchtiger Gemüsehändler.

Der erwartungsvolle Blick ihres Mannes war sicher mit Behagen vom Spargel zum Schinken gewandert, dann weiter zu den gekochten Maiskolben und zum Gurkensalat. Bestimmt hatte seine Nase schon den Duft der Biskuits erschnuppert, die sie gerade aus dem Backofen holte; die Vorfreude auf das Essen hatte ihn von dem abgelenkt, was er eigentlich gerade sagen wollte, als er vom dritten Stock zu ihr heruntergerufen hatte.

Welch eine Freude ihr Ehemann doch war! – ein charmanter Gesprächspartner, ein leidenschaftlicher Liebhaber, und welch ein Vergnügen war es doch, für ihn zu kochen!

Mary Williams hatte erst spät geheiratet. Aber auch ohne Ehe hatte sie ein zufriedenes Leben geführt. Sie hatte zwar durchaus was für Männer übrig gehabt, sie hatte sie auch geliebt, und sie war zweimal verlobt gewesen. Aber als sie und Donald, ihr erster Verlobter, ans Heiraten gedacht hatten, war er versetzt worden. Ihre Mutter war erkrankt und wollte keine andere Pflegerin als Mary um sich haben. Donald wollte damals gerne heiraten, und man konnte von einem Mann wirklich nicht erwarten, daß er endlos wartete, besonders dann nicht, wenn er weit weg in einer fremden Stadt lebte. So hatte er eben ein Mädchen, das er dort kennengelernt hatte, geheiratet.

Dann hatte sie sich in John verliebt. Aber gerade als sie heiraten wollten, hatte Cousine Margaret ihr eine Erbschaft hinterlassen, und Mary wollte reisen. John konnte sich nicht länger als sechs Wochen beurlauben lassen, und ganz abgesehen davon behauptete er auch, daß die guten alten Vereinigten Staaten das einzige wären, was er je sehen wollte. Er war davon überzeugt, daß Mary ihre Pläne mit Bangkok und Beirut, wo Cholera und Typhus und Gott weiß welche Krankheiten grassierten, gar nicht so ernst meinte. Aber sie hatte sie sehr wohl so gemeint. Sie war abgereist und hatte die interessanteste Zeit ihres Lebens verbracht. Deshalb hatte John Peggy Wilson geheiratet. Sie hatten zweimal Zwillinge und einmal Drillinge und waren glücklich und zufrieden.

So kam eines zum anderen, und Mary blieb unverheiratet. Zuletzt dachte sie schon gar nicht mehr daran. Das Leben machte auch so Spaß. Auch als ihre Eltern gestorben und ihre Geschwister weggezogen waren, war ihr Leben ausgefüllt. Sie liebte ihr altes Elternhaus und kümmerte sich nicht darum, daß man sagte, es sei viel zu groß für sie, um alleine darin zu leben – man stelle sich nur vor, eine kaum fünf Fuß große Person hatte ein dreistöckiges Haus mit fünfzehn Zimmern ganz für sich alleine!

Sie hatte sich tatsächlich alle Gedanken ans Heiraten aus dem Kopf geschlagen und sich damit abgefunden, nichts weiter als eine unter den drei Millionen – oder wie hoch die Zahl auch immer war – überschüssiger, unverheirateter Frauen zu sein. Wer hätte wohl gedacht, daß sich in einer Gesprächsrunde zu dem Thema ›Berühmte Bücher‹ eine Romanze für sie anbahnen würde? Aber genau so war es. Und das ausgerechnet in der Stadtbibliothek.

Es waren eine ganze Reihe netter Männer in der Gruppe, aber Tom Williams war der netteste und intelligenteste unter ihnen. Und wie eindrucksvoll er über De Quinceys ›Levana‹, Mills ›Über die Freiheit‹ und Miltons ›Aeropagitica‹ zu diskutieren verstand.

Eines Abends ergab es sich dann, daß er sie fragte, ob er sie nach Hause bringen dürfe. Sie sagte ja, und von da an blieb es dabei, daß sie ja zu seinen Vorschlägen sagte und – siehe da! – nach drei Monaten war sie mit einem pensionierten Polizisten verheiratet. Denn Tom Williams war zwar Leiter der Mordkommission gewesen, aber das war auch nichts anderes als Polizist. Er war schon in den Ruhestand getreten, bevor sie heirateten, aber er war immer noch sehr beschäftigt: Mit Gruppen von ehrenamtlichen Helfern bemühte er sich, etwas gegen die Jugendkriminalität zu unternehmen, und zweimal in der Woche hielt er Vorlesungen an der Universität zu diesem oder jenem Thema, das mit moderner Verbrechensaufklärung zu tun hatte. Aber sein Hauptvergnügen war es, sich in alte, ungelöste Kriminalfälle zu versenken, die sich in der Stadt oder im ganzen Land zugetragen hatten. Er glaubte fest daran, daß viele von ihnen noch aufgeklärt werden könnten.

Sie liebte ihn, weil er gut aussah und so liebenswürdig, freundlich und intelligent war. Manchmal dachte sie, daß sie ihn aber am meisten wegen seines Appetits liebte.

»Köstlich«, sagte er, als er noch eine Scheibe Schinken nahm und sie verspeiste. »Mary, die Jahre mit dir sind die glücklichsten in meinem Leben. Damit will ich Alice nicht herabsetzen. Sie war mir all die zwanzig Jahre eine vortreffliche Ehefrau.

Es sind nicht nur deine Kochkünste«, fügte er hinzu, als

er nach seinem vierten Biskuit griff. Als er das sagte, war er ganz ernst und feierlich.

Ihre Augen leuchteten, als sie antwortete: »Ja, Liebling, ich weiß genau, daß es nicht nur an meinen Kochkünsten liegt. Aber was wolltest du mich fragen, als du vom Dachboden herabriefst?«

»Über dieses köstliche Essen habe ich es vergessen. Ich wollte dich gerade fragen, ob du je einen Augustin Jason gekannt hast.«

»Augustin Jason? Müßte ich ihn denn kennen? Nein, Liebling, ich glaube nicht.«

Sie stand auf, um die Teller abzuräumen. Als sie das Geschirr ins Spülbecken gestellt hatte, holte sie Eiscreme aus dem Tiefkühlfach und füllte zwei Sorbetgläser. Dann goß sie noch Schokoladensoße über das Eis und trug das Dessert ins Eßzimmer.

Die Augen ihres Mannes strahlten vor Freude wie die eines Kindes, das man mit einem Geschenk überrascht hat. »Das ist der würdige Abschluß eines perfekten Essens«, bemerkte er.

Mary Williams dachte bei sich: Es gibt keine beglückendere Aufgabe für eine Frau, als einen kräftigen Appetit zu stillen. »Mach nun dein Mittagsschläfchen. Liebling«, drängte sie ihn, als er sein Dessert aufgegessen hatte.

Dann frönten sie wieder ihrem liebevollen Geplänkel über das Geschirrspülen. Er hatte zwar, seit er in dieses Haus gezogen war, niemals Geschirr gespült. Aber er bot sich stets an und tat so, als ob es seiner Meinung nach eigentlich seine Aufgabe sei und nur ihre strengen Ansichten ihn davon abhielten.

»Nun gut, Liebling«, kapitulierte er. »Aber nur, wenn du mich nach dem Abendessen abwaschen läßt.«

Die Liebe zu ihrem Mann war die Quelle ihrer Lebensfreude, dachte sie, als sie das Spülbecken mit Wasser füllte, Spülmittel hineingab und die Lauge durchrührte. Als sie mit dem Geschirr fertig war, fiel ihr ein, daß sie noch das ganze Silber putzen mußte.

Augustin Jason.

Irgendwie kam ihr der Name bekannt vor. Vielleicht kannte sie ihn doch.

Augustin Jason.

»O Gott, so hieß ja der Mann, den ich ermordet habe!« erinnerte sie sich plötzlich.

Falls man das überhaupt als Mord bezeichnen konnte. Ihr Mann jedoch, der sich ein Leben lang für die Verschärfung der Gesetze eingesetzt hatte, würde es sicherlich so nennen.

Verdammt!

Was hatte ihr Mann eigentlich vor?

Sie wußte, daß er einen großen Teil seiner Zeit damit verbrachte, ungelöste Kriminalfälle aufzuklären, und der Mordfall Jason war nie aufgeklärt worden. Ihr Mann, der verehrte und überschwenglich gepriesene pensionierte Leiter der Mordabteilung, war so brillant und so gründlich, daß er ihn sicherlich aufklären würde. Es war ihr Glück, daß er verübt worden war, lange bevor er nach Kingborough gezogen war.

Der Mord war Mary Williams einfach so passiert – sie war hineingestolpert, wie in einen Unfall, und es war für sie die einfachste Sache der Welt gewesen. Selbst wenn sie damals ihre Schuld gestanden hätte, hätte ihr niemand geglaubt. Man konnte fast sagen, sie hatte den Mord aus Hilfsbereitschaft verübt – ja, als eine Art Gefälligkeit ihrer Freundin gegenüber.

Nach einer Weile hatte sie überhaupt nicht mehr daran gedacht. Sie hatte das Ganze doch wirklich und wahrhaftig ganz und gar vergessen. War das nicht Beweis genug, daß sie sich nicht schuldig fühlte, wenn ihr nicht einmal der Name Augustin Jason bekannt vorkam, als ihr Mann sie danach fragte?

Und dieses Mädchen. Also, Mary Williams wußte nicht einmal mehr, wie das Mädchen geheißen hatte! Es war irgend ein simpler Name, der auf ungewöhnliche Weise geschrieben wurde. Oh, nun erinnerte sie sich – sie hieß Betty, aber Bety geschrieben. Ein bedauernswertes, trauriges, verrücktes kleines Ding. Sie hatten in demselben Büro, in derselben Reihe als Stenotypistinnen gearbeitet.

Bety stammte aus einer kleinen Stadt im Osten des Landes. Sie sah so aus, als hätte sie nicht einmal genug Mumm in den Knochen, um zu einer Kuh Muh zu sagen; aber dennoch hatte sie sich auf eine unglückliche Liebesaffäre mit einem verheirateten Mann eingelassen. Eines Nachmittags, als sie gerade dabei war, einen Vertrag abzutippen, hatte sie einen hysterischen Anfall erlitten.

Der Abteilungsleiter hatte Mary mit Bety nach Hause geschickt, und als die Hysterie ein wenig nachgelassen hatte, war das arme Mädchen in echte Verzweiflung gefallen. Sie bestand darauf, daß sie aufstehen und den Mann im Theater treffen müsse. Mary hatte sie dazu überredet, sich hinzulegen. Sie hatte einen Arzt gerufen, der ins Haus kam und Bety ein Beruhigungsmittel verabreichte. Daraufhin war Bety in einen tiefen Schlaf gesunken, und die Vermieterin hatte versprochen, während der Nacht nach ihr zu sehen.

Als Mary sich zum Gehen angeschickt hatte, bemerkte sie die Theaterkarte, die aus Betys Portemonnaie gefallen war. Mary hatte sie aufgehoben – sie war entschlossen, den Mann zu treffen – egal, wer er war, ihm gehörig Bescheid zu sagen und ihm klarzumachen, daß er Bety in Ruhe lassen solle.

Zugegeben, Mary hatte Angst. Aber ihre Entrüstung half ihr darüber hinweg. Erst wollte sie schon einen ihrer Brüder, am liebsten Charlie, vielleicht auch Jim oder Sam, bitten, mit ihr zu gehen; aber dann fiel ihr ein, daß sie das Geheimnis des Mädchens nicht preisgeben durfte; und außerdem hatte sie ja auch nur eine Theaterkarte.

Alles ging schief. Aus irgendeinem Grund war das Abendessen nicht zur üblichen Zeit fertig. Darüber hinaus war an dem Tag ausgerechnet der Pokerabend ihres Vaters, und es waren keine Erfrischungen für seine Gäste im Haus. Mary mußte sie noch in letzter Minute besorgen.

Die Verzögerungen verstärkten ihre Ängstlichkeit und ihren Widerwillen nur noch mehr. Außerdem war die Nacht kalt und dunkel; und sie war nicht daran gewöhnt, alleine auszugehen – eine Reihe von Frauen waren in den letzten Wochen in Kingborough belästigt worden. Plötzlich fiel ihr die Pistolensammlung ihres Vetters Luther ein; er war aber gerade auf einer Geschäftsreise, und so konnte sie ihn nicht um Erlaubnis bitten. Sie ging davon aus, daß er wohl nichts dagegen hätte, und sein Zimmer war nie abgeschlossen. Niemand sah, wie sie den kleinsten Revolver aus dem Gehäuse auf dem Kaminsims nahm und ihn in ihre Tasche steckte.

Durch all diese Verzögerungen kam sie erst ins Theater, als der dritte Akt schon begonnen hatte.

Es war ein schrecklich wildes Musical, und der Mann, neben dem sie Platz genommen hatte, machte gleich einen Annäherungsversuch. »Ich bin nicht Bety«, sagte sie wütend.

»Nun, das ist aber nett von Bety, solch einen charmanten Ersatz zu schicken«, hatte er geantwortet und dabei einen erneuten Annäherungsversuch unternommen. Noch nie zuvor war ihr etwas so unangenehm gewesen. Obwohl sie im Dunkeln und in der letzten Reihe saßen, war sie entsetzt bei dem Gedanken, daß jemand, der sie kannte, sie gesehen haben könnte. Dann grapschte er wieder nach ihr, dieses Mal etwas entschiedener. Die Musik dröhnte und dröhnte. Sie wirkte wie ein perfekter Schalldämpfer. So hatte sie ihn erschossen, und niemand hatte es bemerkt.

Dann war Mary aufgestanden und gegangen – einfach so. Sie hatte einen Mann ermordet, dessen Namen sie erst erfuhr, als er am nächsten Tag auf den Titelseiten der Morgen- und Abendzeitungen prangte.

Das war alles, was dazu zu sagen war.

Offensichtlich hatte Bety nicht einmal die Theaterkarte vermißt – sie mußte zu aufgeregt gewesen sein. Niemand hatte Bety je wegen Augustin Jasons gewaltsamem Tod befragt – niemand hatte etwas von ihrem Verhältnis mit diesem Mann gewußt. Monate später waren von Bety, die lange schon wieder in ihre Heimatstadt zurückgekehrt war, ein paar diskrete Zeilen gekommen. Sie dankte Mary darin für die Freundlichkeit, mit der sie sie damals am späten Nachmittag in ihre Pension zurückgebracht hatte, als sie total überarbeitet und nervlich so am Ende war. Ferner teilte sie Mary mit, daß sie in Kürze heiraten werde und daß sich alles zum Besten entwickelt hatte.

Natürlich hätte Mary den Mord gestehen sollen. Es war schließlich nicht in Ordnung, jemand umzubringen und einfach seine Hände in Unschuld zu waschen. Aber es gab so viele Gründe, warum sie nicht gestanden hatte.

Zum einen hatte ihre Mutter stets gesagt, daß der Name einer Dame niemals auf der Titelseite einer Zeitung erscheinen dürfe. Und ein Mord hätte Marys Namen nicht nur auf die Titelseite, sondern sogar in die Schlagzeilen gebracht. Zum andern stand ihr Onkel Henry gerade als Bürgermeisterkandidat im Wahlkampf. Die Opposition hatte alles nur denkbar Mögliche versucht, um seinem Ruf zu schaden. Was hätten sie nicht alles aus einer Nichte gemacht, die eine Mörderin war? Auch aus Rücksicht auf Onkel Henrys politischen Ehrgeiz hatte sie sich also nicht zu dem Mord bekannt.

Dann hatte Mr. Joe Reed – er war Chefredakteur beim ›Kingborough Star‹ und kam jeden Donnerstag zum Pokern zu ihrem Vater – einen langen Artikel geschrieben, der jedermann davon überzeugte, daß es von außen angeheuerte Killer waren, die den zwielichtigen Agenten Augustin Jason ermordet hatten. Und Mary wollte schließlich nicht dafür verantwortlich sein, daß Mr. Joe als Lügner dastand.

Eigentlich bestand kein Grund, sich nach so langer Zeit noch aufzuregen. Aber trotz der Wärme des Spätfrühlingstages und der vom Kochen aufgeheizten Küche fühlte sie den eisigen Griff der Angst.

Sie mußte arbeiten und nachdenken. Das Silber zu putzen, wie sie es geplant hatte, würde ihr guttun. Sie spielte ein todernstes Spiel mit sich selbst: Wenn sie es schaffte, alle Gabeln zu putzen, bevor ihr Mann sein Mittagsschläfchen beendet hatte, dann würde alles wieder in Ordnung kommen. Es wäre ein Zeichen dafür, daß er den Mörder von Augustin Jason nicht entdecken würde.

Obwohl die Gabeln, wie sie so mit der Rückseite nach oben in der Kommode lagen, aussahen wie kleine, in einem Massengrab nebeneinander aufgereihte Leichname, wurde sie immer zuversichtlicher, als die Zahl der geputzten ständig wuchs. Sie hatte schon elf fertig. Aber als sie gerade nach der zwölften, der letzten, griff und sich fast schon in Sicherheit wiegte, wurde sie ertappt. Sie blickte von ihrer Arbeit auf und sah ihren Mann in der Küchentür stehen.

»Das war ein gutes Nickerchen«, sagte er.

»Fein«, entgegnete sie und ließ die zwölfte Gabel fallen. Er hob sie auf und reichte sie ihr. Dann zögerte er. Es war sonst gar nicht seine Art, so unentschlossen herumzustehen. Er war gewöhnlich ein Mann der Tat und schneller Entschlüsse.

»Mary?«

»Ja, Liebling.«

»Hat sonst noch jemand in diesem Haus gelebt?«

»Nein, Liebling, nur die Familie. Opa hat das Haus gebaut und es an Papa vererbt.«

Das war die Wahrheit, aber an dem Schweigen, das sie bei ihrem Mann auslöste, erkannte sie, daß die Antwort sie in Schwierigkeiten brachte. Die lastende Stille mußte überbrückt werden.

»Was ich damit sagen wollte, Liebling, ist, daß wir immer hier gelebt haben. Aber natürlich haben auch andere Leute bei uns gewohnt. Während der Depression hielt Mutter fast Tag und Nacht das Haus offen für Gäste. Sie konnte es nicht ertragen, daß jemand, den wir kannten, keine Wohnung oder nichts zu essen hatte. Und natürlich waren auch immer wieder Verwandte da. Tante Madge besuchte uns einmal und blieb sechs Jahre lang bei uns. Und Vetter Luther –«

Aber es schnürte ihr den Hals zu, als sie Vetter Luther erwähnte und an seine Pistolensammlung dachte.

»Ich sehe schon, Liebling. Eine Menge anderer Leute haben hier gewohnt – das ist es, was ich wissen wollte.«

Er ging zurück auf den Dachboden. Nach einer Weile kam er wieder herunter, um zu duschen. Dann war es Zeit für ihn, das Haus zu verlassen und zu seiner Vorlesung in die Universität zu gehen. Er sagte ihr, daß es vielleicht spät werden würde, weil er noch in die Bibliothek gehen und in alten Zeitungen lesen wollte.

»Willst du etwas über den Mordfall Augustin Jason lesen?« fragte sie.

»Ja, Liebling.«

Er küßte sie beim Abschied. Sie stand in der Diele. Dann schlich sie auf Zehenspitzen zur Tür, um ihm nachzusehen, bis sein Auto verschwand. Sie blieb stehen, wie wenn sie sehen wollte, ob sein Lebewohl nur ein Trick gewesen sei und er zurückkäme, um sie auszuspionieren. Dann rannte sie die Treppe hinauf zum Dachboden.

Dort befand sich ein unglaubliches Sammelsurium aller möglichen Dinge, ein unüberschaubares Durcheinander. Er war vollgestopft mit ausrangierten Möbeln, aussortierten Büchern, alten Lampen mit angeschlagenem Fuß und kaputtem Schirm. Dazwischen befanden sich auch das erste Radio mit Lautsprecher, das ihr Vater gekauft hatte, eine Truhe, die ihrem Urgroßvater – einem Schiffahrtskapitän – gehört hatte, sowie ein riesiger Tisch aus Korbgeflecht, der in der Mitte der von ihnen so bezeichneten Sonnenterrasse gestanden hatte. Hier auf dem Dachboden standen auch riesige Schränke, in denen alte Kleider hingen – mehr als genug für einen Kostümverleiher.

Der Anblick dieser vertrauten altmodischen Dinge hatte in ihr oft ein Gefühl der Freude geweckt; nun hatten sie etwas Bedrohliches an sich.

Welches dieser leblosen Dinge war ihr Todfeind?

Wo war der Beweis, daß sie einmal einen Mord begangen hatte?

Welcher Gegenstand unter all dem Gerümpel hatte ihren Mann dazu gebracht aufzuschreien?

Wo war der stille Lockvogel?

Ihre Augen sortierten das Durcheinander um sie herum. Plötzlich sah sie, was ihr Mann gefunden hatte.

Es war der Mantel, den sie in jener Nacht, als sie Augustin Jason ermordete, angehabt hatte. Es war ein naßkalter Abend gewesen, und sie hatte einen alten Mantel getragen, den sie haßte. Nach jener Schicksalsnacht hatte sie ihn nie wieder angezogen.

Aber dieser Mantel konnte sie doch wohl jetzt nicht mehr belasten! Er konnte nicht ihr Ankläger oder Belastungszeuge sein.

Aber dann fiel es ihr wieder ein. In der rechten Manteltasche steckte noch der Kontrollabschnitt ihrer Theaterkarte mit der Sitznummer und dem Tag der Aufführung darauf!

Ihre Erinnerungen stürzten nun wie eine Flutwelle auf sie ein – was in all den Artikeln stand, die sich mit dem Verbrechen befaßt hatten: Der Fall wäre aufgeklärt, wenn nur irgend jemand die Person gekannt hätte, die an jenem Abend die betreffende Sitznummer gehabt hatte.

Sie ließ sich in einen baufälligen Sessel sinken, dessen Federn sie kniffen, als sie mit ihnen in Berührung kam. Der Mantel legte sich wie ein Plaid über ihre Knie. Sie drückte ihn an sich, als ob sie seine Wärme gebraucht hätte, dann schleuderte sie ihn zu Boden.

Wenn sie doch sterben könnte.

Wenn sie doch ihren Mann niemals kennengelernt hätte.

Wenn sie doch niemals geheiratet hätten.

Ihr Mann war ein guter und gerechter Mensch und ein talentierter Polizist. Wenn er ihre Schuld nicht bereits aus ihrem Verhalten erraten hatte, dann würde er als Polizeioffizier schon wissen, wie er vorgehen mußte, um sie zu beweisen. Seine Integrität würde ihn dazu zwingen, seine Nachforschungen abzuschließen. Und die Ironie der Lösung dieses längst vergessenen Verbrechens würde eine Farce aus seinem ganzen Leben machen – und aus ihrem ebenfalls.

Sie konnte sich die Schlagzeilen schon vorstellen: Früherer Leiter der Mordkommission hatte Mörderin zur Ehefrau; oder: Polizist mit einer Leidenschaft für unaufgeklärte Verbrechen überführt seine eigene Frau.

Nicht einmal aus Liebe zu ihr würde er es für sich behalten, daß sie den Mord begangen hatte – sie wußte das. Davon war sie überzeugt. Sein lebenslanger Sinn für Prinzipien würde ihn zwingen, ihre Straftat aufzudecken, auch wenn sein Leben danach keinen Sinn mehr hätte. Es würde nichts mehr geben, wofür es sich für ihn noch zu leben lohnen würde – er würde keine Vorlesungen mehr halten, er würde seinen unaufgeklärten Kriminalfällen nicht mehr nachgehen, ihre Ehe würde zerstört sein.

Wenn das Problem doch durch ihren Tod gelöst werden

könnte! Aber dazu bestand keine Hoffnung. Er würde ihre Schuld auf jeden Fall bekanntgeben und sich selbst damit ruinieren.

Sie saß in Gedanken versunken. Ihr Gehirn brachte Aphorismen erster Güte hervor:

Was einmal aus Empörung getan worden war, kann ein andermal auch aus Liebe getan werden.

Was sein muß, muß sein.

Nein, es würde sicherlich nicht notwendig sein. Ein Wunder würde geschehen. Ihrer Ehe drohte bestimmt keine Gefahr. Alles würde so harmonisch sein wie früher. Und in der Zwischenzeit würde sie sich wie immer verhalten: Sie würde das Haus so makellos sauber halten und gemütlich machen, wie sie nur konnte; sie würde die Lieblingsgerichte ihres Mannes kochen und sich selbst so hübsch machen wie nur möglich.

Es war an der Zeit, sich wieder zu betätigen – alles mußte eine festliche Note erhalten.

Sie wachste die Böden. Sie schnitt Blütenzweige vom Holzapfelbaum und verteilte sie im Haus. Sie holte die edelsten Gläser und das Royal-Doulton-Porzellan aus dem Schrank. Dann ging sie in die Küche, um mit der Zubereitung des Abendessens zu beginnen – es würde die Lieblingsspeise ihres Mannes geben: kurz gebratenes Steak mit jungen Erbsen in Sahne, Kartoffelkroketten, Fruhlingszwiebeln und gedeckte Apfeltorte.

Als die Zubereitung der Gerichte ihr ein wenig Zeit dazu ließ, nahm sie schnell ein Bad und zog das gelbe Kleid an, in dem ihr Mann sie so gerne sah. Dazu legte sie die Ohrringe an, die sie zum Valentinstag von ihm bekommen hatte.

Kurz darauf kam er nach Hause. Er sah erschöpft und niedergeschlagen aus. Seine Miene heiterte sich auf, als er sie in dem gelben Kleid sah. Er küßte sie liebevoll. Sie tranken nur selten Alkohol, doch heute hatte sie die Flaschen auf den Tisch gestellt. Sie bat ihn, die Drinks zu mixen, und sie tranken auf ihr gemeinsames Wohl. Dabei hielten sie sich an den Händen.

Das Essen schmeckte ihm sogar noch besser als sonst. Und Mary saß da und wartete auf das Wunder.

Aber es geschah kein Wunder. Sie wußte, daß er immer noch nicht restlos davon überzeugt war, daß sie eine Mörderin war – aber sie wußte auch, daß es nicht mehr lange dauern konnte.

Nachdem er ein zweites Stück von der Apfeltorte gegessen hatte, war ihr klar, daß nun alle Ablenkungsmanöver nichts mehr nützten.

Er nahm die Kaffeetasse, die sie ihm gereicht hatte, und sagte: »Mary, sagtest du nicht heute morgen, daß du dich nicht mehr an den Fall Augustin Jason erinnerst?«

Wie konnte sie ihm nur in die Augen blicken und lügen?

»Nun, Liebling, das stimmt nicht ganz. Als du mich nach dem Namen fragtest, erinnerte ich mich wirklich nicht mehr daran. Jetzt erinnere ich mich aber wieder. Es handelte sich um einen Mordfall – hier in Kingborough vor langer Zeit. Er war kein sympathischer Mensch – so hieß es jedenfalls in den Zeitungen.«

»Aber er wurde ermordet. Er war ein Mensch – und niemand hatte das Recht, ihm das Leben zu nehmen.«

Ihre Intuition war richtig gewesen: Nichts, aber auch gar nichts würde ihren Mann ablenken. Es gab keinen Zweifel darüber: Gerechtigkeit, nicht Gnade stand an erster Stelle seiner Wertvorstellungen.

»Entschuldige mich, Liebling«, sagte sie. »Ich gehe nur kurz nach oben. Ich bin gleich wieder da.«

Die Hitze schlug über ihr zusammen, als sie den Dachboden betrat. Sie öffnete die Fenster und trat auf den kleinen Balkon, der auf den Garten hinausging. Die kühle Abendluft tat ihr wohl; die kalten, ewigen Sterne gaben ihr Mut.

»Liebling.«

Er antwortete sofort: »Ja, meine Liebe?«

»Liebling, komm doch bitte einen Moment herauf. Ich bin auf dem Dachboden.«

Er näherte sich mit raschen Schritten. In Sekundenschnelle war er auf dem Dachboden.

»Komm heraus auf den Balkon, Liebling. Ich möchte dir etwas zeigen. Schau, Liebster, der Neumond. Ist er nicht schön?«

Er stand neben ihr und lächelte sie an. Dann blickte er lächelnd zum Neumond empor.

Sie brauchte ihm nur liebevoll einen kräftigen Stoß zu geben.

Vicki Cameron
Die Gartentour

»Hörst du mir zu, Schatz? Das hier sind Funkien. Diese dort auch. Große Blätter, unterschiedliche Blattfärbungen. Sehr nützlich, um damit freie Stellen zu bepflanzen. Die würden sich gut unter deinem Fenster zur Straßenseite machen. Da sieht es immer so trostlos aus.«

»Ja, Mom.« Es hatte keinen Zweck, mit ihr zu diskutieren. Die besagten Fenster lagen den ganzen Tag in glühender Sonne. Also hatte ich eine Plastikfolie darunter gelegt, sie mit roten Steinen bedeckt und nannte das Ganze ein unkrautfreies Beet. Die Funkien, die meine Mutter mir gerade empfohlen hatte, breiteten ihre unterschiedlich gefärbten Blätter im Schutz üppig belaubter Bäume aus.

»Diese Pflanze hier solltest du auch mal ausprobieren. Riesenbalsam, Monarda. Hübsche rote Blüten, sehr fröhlich. Damit lockst du Kolibris in deinen Garten. Hörst du mir auch zu, Schatz?«

Ich weiß nicht, warum ich mir eingebildet hatte, Mutter und ich könnten auf einer organisierten Tour durch Privatgärten unserer Stadt eine angenehme Zeit miteinander verbringen. Wir hatten gerade mal den ersten von fünf Gärten betreten, und schon hackte sie auf mir herum. Ich tarnte meinen Seufzer als Ausruf des Erstaunens. Wenigstens war es für einen guten Zweck; unsere Bibliothek organisierte die Tour und bekam ein wenig Geld dafür, und außerdem war das Wetter genau richtig, um den Tag im Freien zu verbringen.

Sondra Hepplewhite schwebte auf uns hernieder; ihr

geblümter Taftrock knisterte, und sie trug ein Klemmbrett, das mit roten Strichen übersät war.

»Was sagen Sie denn dazu? Ich habe diesen Leuten so oft eingeschärft, daß die Tourgärten in einem Topzustand sein müssen. Jetzt sehen Sie sich das an!«

Sie zeigte auf einen Fleck zwischen den Funkien. »Unkraut. Ich muß sofort mit Maryanne sprechen.«

Zwischen zwei Funkien kämpfte sich ein einsamer Grashalm mühsam ans Licht.

Sondra fügte den roten Strichen hinter Maryannes Namen einen weiteren hinzu. Sie musterte meine Mutter, würdevoll im weißen Kleid, und mich in Jeans und T-Shirt.

»Das ist eine Gartentour mit anschließendem Tee, Fräuleinchen«, sagte sie und betrachtete mich finster. »Wir wollen hier doch einen gewissen Standard wahren. Sie fahren vor dem Tee besser schnell heim und ziehen sich um. Sie haben doch ein Kleid, oder?«

»Natürlich hat sie eins«, sagte Mom. »Ich habe ihr gleich gesagt, das ist eine Gartentour, zieh dich anständig an, aber Sie wissen ja, wie das ist. Keine Sorge, ich kümmere mich drum.«

Ich preßte die Lippen zu einem verkrampften Lächeln aufeinander. Jeans und Gärten paßten meiner Ansicht nach prima zusammen. Außerdem war es ja nicht gerade so, als würde die Queen zum Tee kommen. Nur ein paar Nachbarn, und die hatten alle schon mal Jeans gesehen. Die meisten hatten heute sogar welche an, während sie durch die Gärten spazierten und sich von den Hobbygärtnerinnen heiße Tips geben ließen.

Als wir die Besichtigung des ersten Gartens beendet hatten, sah ich, wie Sondra sofort auf ihren nächsten Kontrollpunkt zusteuerte. Maryanne hielt ein zerknülltes Papier in der Hand und trat nach einem Büschel Mauerpfeffer.

Wir gingen zum nächsten Garten. Auf dem kleinen Grundstück war mehr Haus als Garten, aber der war mit Blumen aller Arten, Farben und Größen vollgestopft. Er war auf eine wilde, sorglose Art wundervoll, als wollte die Gärtnerin alles auf einmal – und ein paar Gartenzwerge noch dazu. Das üppige Durcheinander der Blüten ließ erkennen, daß sie ihre Wurzeln ausstrecken durften, wohin sie auch immer wollten. Reiche Düfte füllten meine Nase. Die Luft trug mehr Aroma mit sich als in einem Geschäft voller Duftkerzen. Fröhliches Gelächter drang von den anderen Tourmitgliedern zu uns herüber, und das lag bestimmt an der Atmosphäre dieses Ortes. Wahrscheinlich hatte die Gärtnerin kein Privatleben und lebte nur für ihre Blumen.

»Das wär doch was für deinen Garten«, sagte Mom. »Grab den Rasen um und schmeiß die grässlichen roten Steine raus. Setz überall Blumen. Frühlingsblüher, Sommerblüher, Herbstblüher. Siehst du, hier gibt es Azaleen, Iris, Stiefmütterchen, Rhododendron, Rittersporn ... Rittersporn würde links und rechts von deiner Haustür bestimmt ganz bezaubernd aussehen. Hörst du mir auch zu, Schatz?«

Sondras Kopf tauchte hinter einem Holzapfelbaum auf. »Viel zu dicht bepflanzt«, sagte sie mit einem Schnauben. »Ich hab Lois doch gesagt, sie soll das reduzieren. Kein Mensch will einen Garten sehen, bei dem alles außer Kontrolle geraten ist. Und dieses Ding ist entsetzlich. Sie muß es unbedingt entfernen, wenn sie nächstes Jahr noch bei der Gartentour dabei sein will.«

»Dieses Ding« war eine schmiedeeiserne Pergola. Sie umgab eine Fontäne, von der das Wasser kaskadenartig in drei

Teiche plätscherte. Unzählige Bodendecker und kleine Blumen mit nickenden Blütenköpfen umringten die Teiche. Ich rechnete im Geist zusammen, wieviel tausend Dollar und wieviel Arbeitsstunden das wohl gekostet hatte. Bestimmt mehr, als ich jemals investiert hätte, und ich würde es auch bestimmt nicht nur wegen Sondra wieder rausreißen. Wie lange sie wohl noch für die Gartentour verantwortlich sein würde?

Als wir um das Haus herum zum Ausgang gingen, riß Lois gerade ein mit roten Strichen bedecktes Papier in Fetzchen und starrte Sondra finster hinterher, deren Taftrock in der Sonne leuchtete, als sie die Straße entlangraschelte.

Das nächste Haus wurde von einer hohen Mauer abgeschirmt. Von draußen war kein Garten zu sehen, nur Gras und ein paar große Bäume.

Drinnen jedoch fand ich zu meiner Überraschung achttausend Quadratmeter Grundstück vor. Es war, als hätte ich einen geheimen Garten betreten. Bei Elaine gab es einfach alles – einen klassischen Rosengarten mit gepflegten Wegen, einen Kräutergarten nach elisabethanischem Vorbild, bunte Staudenbeete, einen Steingarten, der noch nicht ganz fertig war, einen kleinen Teich, einen klassischen Irrgarten und einen japanischen Garten. Elaine war wirklich mit aller Leidenschaft dabei; eine Frau, für die der Garten das Wichtigste in ihrem Leben war. Bestimmt war das Gärtnern für sie kein Hobby, sondern Berufung.

»Lauf hier doch nicht mit offenem Mund herum, Schatz. Hörst du mir auch zu? Siehst du diese Rosen? Solche könntest du auch im Garten haben. Schmeiß die gräßlichen roten Steine raus und pflanze Rosen. Es gibt so viele Sorten. Etliche davon sind in unserem Klima winterhart. Natürlich mußt du dich um sie kümmern. Rosen brauchen viel Pflege. Aber das würdest du schaffen, wenn du es nur wirklich wolltest.«

Ich nickte bloß und stahl mich in den japanischen Garten davon. Ein Oval glatter weißer Kiesel, zwei riesengroße graue Flußsteine und eine steinerne Bank. Daneben stand eine Harke in einem verzierten Ständer. Elaine hatte ein Muster in die Kiesel geharkt, einfache Linien, die von einem Flußstein zum nächsten führten, hinter ihnen einen Schleife bildeten und sich an der Bank wieder vereinigten. Das war mein Garten. Ein Garten des Friedens. Ein Garten ohne Unkraut, ohne Verziehen, Umpflanzen, Schädlingsbekämpfung. Ich könnte die roten Steine herausnehmen und sie durch weiße Kiesel ersetzen.

Sondra stapfte durch die Kiesel und zerstörte dabei das Muster. »Ich hab ihr gleich gesagt, das ist nicht gut genug. Blumen will ich haben! Die Leute wollen sich doch keine Steine ansehen. Außerdem habe ich ihr gesagt, der Steingarten muß heute fertig sein, und sie soll den Minibagger da wegschaffen. Die Leute wollen sich doch keine Baustellenfahrzeuge ansehen.« Sie kritzelte mehrere rote Striche auf den Zettel auf ihrem Klemmbrett und stampfte weiter in Richtung Elaine, die am anderen Ende des Gartens Geräte in einem Schuppen verstaute.

»Hör auf zu träumen, Schatz, und sieh dir diesen Steingarten an. So etwas könntest du auch haben. Sieh nur, sie hat hier gegraben, damit eine Vertiefung entsteht und sie einen kleinen Hang für den Steingarten aufschütten kann. Anfangs war ihr Garten genauso flach wie deiner. Auf dieser Seite ist sie schon fertig. Siehst du den Phlox, die Glockenblumen und die Primeln? Du könntest dir ein paar Steine besorgen und in deiner Einfahrt einen interessanten Garten anlegen.«

Wieder rechnete ich im Geist alles durch. Lastwagenladungen voller Steine und die mehrtägige Leihgebühr für den Minibagger, um das Loch zu graben und die Steine zu bewegen. Für einen Menschen allein waren sie zu schwer. Eine riesige Summe tauchte vor meinem geistigen Auge auf.

»Komm und sieh dir den Teich an, Schatz. So was könntest du auch machen. Mit ein paar Pumpen würdest du bestimmt genug Wasser reinkriegen. Wenn du in der Mitte deines Rasens ein Loch gräbst, sieht das bestimmt sehr schick aus. Ich frage mich, was Elaine wohl als nächstes vorhat.«

Ich sah zu Elaine hinüber, die eine große Mistgabel in der Hand hatte und mit wilder Entschlossenheit ihren Komposthaufen umschichtete. Ein Stückchen geblümter Taft blitzte zwischen den Gartenabfällen auf, aber schnell hatte sie es bedeckt.

»Elaine braucht den Minibagger bestimmt noch, um den Steingarten fertigzustellen. Und dann arbeitet sie den Kompost ein, damit alles gut anwächst.«

Ich ging zu dem japanischen Garten zurück, nahm die Harke und glättete die Kiesel, durch die Sondra gestapft war. Ich harkte das Muster so sorgfältig hinein, wie es mir aus der Erinnerung möglich war, und stellte den Frieden wieder her. Niemand würde je erfahren, daß Sondra hier gewesen war.

»Komm her und sieh dir diesen Irrgarten an«, sagte Mom. »So etwas könntest du auch bei dir machen. Es sind bloß ein paar Hecken und ein Muster. Hörst du mir auch zu, Schatz?«

Gesine Schulz
Das Geheimnis der Guelder-Rose

Marlis senkte die Tulpenzwiebel in die Erde, die letzte von vier Dutzend, schob die angehäufelte Erde mit beiden Händen in das Loch und drückte sie an. Sie richtete sich auf und streckte den Rücken. Ein herrlicher Herbsttag. Die Sonne stand schräg und sandte ihre Strahlen bis tief unter die Sträucher. Jeder Ziegel auf der Rückseite des zweistöckigen Hauses leuchtete in dem milden Rosarot alten Backsteins. Die weißgestrichenen Fensterrahmen, der Himmel in reinem Delfter Blau, an dem ein paar Federwolken gen Holland zogen ... und die Luft ... Marlis schloß die Augen und atmete tief ein. Der Geruch nach frischer Erde, trocknendem Gras und ein Hauch von Abendkühle.

Sie liebte den Herbst. Anfang der Woche hatte sie begonnen, den Garten aufzuräumen. Zweige abgeschnitten und gehäckselt, Kompost auf den Beeten und unter den Sträuchern verteilt. Alles Tätigkeiten, die mit angenehmen Gerüchen verbunden waren. Sie genoß die Stille, die nur hin und wieder vom zufriedenen Gackern ihrer beiden Hühner unterbrochen wurde und vom Motorengeräusch einiger Autos, die auf der Landstraße in Richtung Issum fuhren.

Mit bloßen Fingern streifte Marlis Erdkrumen von der Forke. Sie gähnte und blickte hoch zu den Fenstern der ersten Etage, die in der Sonne blitzten. Ende des Monats würde Herr Hüllbusch ausziehen. Wollte heiraten, zum ersten Mal, mit über fünfzig. Seine Verlobte, eine Kollegin aus der Sparkasse, besaß ein Einfamilienhaus in Kerken. Abbezahlt, wie er gerne betonte.

Na, sie hoffte, der nächste Mieter würde sich als ein ebenso angenehmer Nachbar erweisen. Die nächsten Mieter, korrigierte sie sich, denn ihr eigener Umzug von der oberen Etage in die Parterrewohnung stand bevor und ein Nachmieter für ihre Wohnung war auch noch nicht gefunden.

Gleich in ihrem ersten Gespräch mit Herrn Vandeproel hatte sie sich erboten, die Suche nach neuen Mietern zu übernehmen. Schließlich würde sie mit den Leuten in einer Hausgemeinschaft leben müssen, und ihm würde es Mühe und Zeit sparen.

Thomas Vandeproel hatte ihr einen Blick zugeworfen. der seine Abneigung gegen sie kaum verbarg, und den Kopf geschüttelt. »Darum kümmere ich mich lieber selber, Frau Huyser. In der Erbengemeinschaft bin ich für das Haus verantwortlich, und ich habe meine eigenen Vorstellungen, welchen Typ Mieter ich gerne hätte.«

Ganz offensichtlich entsprach sie diesem Typ nicht. Anfang Fünfzig, alleinstehend, ruhig, die Miete immer pünktlich überwiesen. Okay – vor acht Monaten hatte sie ihre Stelle im Reisebüro verloren, als es pleite ging, und damit ihr gesichertes Gehalt, aber das wußte er nicht.

Nein, als Mieterin konnte er eigentlich nichts gegen sie einzuwenden haben. Was ihn störte, schwarz ärgerte und manchmal zur Weißglut brachte, war, daß sie nun keine Mieterin mehr war.

Nicht, seit ihr Vandeproels Großonkel, der alte Herr Klockenbring, in seinem Testament das Wohnrecht auf Lebenszeit vermacht hatte. Noch dazu in der Parterrewohnung mit dem großen Wintergarten. Und dieser große Bauerngarten gehörte dazu. Marlis lächelte. Sie hatte nichts von seiner Absicht geahnt. Der Brief des Anwalts aus Xanten, den sie wenige Tage nach Herrn Klockenbrings Beerdigung im Briefkasten fand, hatte sie überrascht wie zuvor nichts in ihrem Leben.

Überrascht und erleichtert. Denn nun brauchte sie nicht mehr zu befürchten, hier wegziehen und den Garten im Stich lassen zu müssen, falls ihr im Sommer gegründetes Miniatur-Reiseunternehmen nicht überleben würde. Es war eine gute Idee zur rechten Zeit am richtigen Ort: Guelder-Rose – Gartenreisen am Niederrhein.

Herr Klockenbring hatte sie ermutigt. »Eine ausgezeichnete Idee, Marlis. Lassen Sie sich nicht von diesem Sachbearbeiter beim Arbeitsamt entmutigen. Der Enthusiasmus macht's, glauben Sie mir. Und es ist ja nicht so, als müßten Sie Tausende in Ihre Geschäftsidee investieren.«

Es würde noch Monate dauern, bis die ersten substantiellen Summen auf ihrem neu eröffneten Geschäftskonto bei der Volksbank Gelderland in Issum eintrudeln würden. Nicht vor Januar, genauer gesagt, wenn die ersten beiden Reisegruppen, die für die Osterzeit fest gebucht hatten, bezahlen würden.

Reisegrüppchen wäre eine zutreffendere Bezeichnung, daher waren die Anzahlungen nicht besonders hoch gewesen.

Als erste hatten sich zwei Paare aus der Nähe von Schwerin angemeldet, Gartenenthusiasten, die einmal im Jahr gemeinsam eine Gartenreise unternahmen. Im Anschluß acht Leute eines Gartenclubs aus England, aus Devon, denen sie eine Woche lang private und öffentliche Frühlingsgärten am Niederrhein zeigen würde.

Die Mecklenburger hatte sie einer Reisebüro-Kollegin aus Schwerin zu verdanken, die englische Buchung dem

German National Tourist Office in London. Das hatte sich vor nicht allzulanger Zeit – spät, aber immerhin – wohl vom Strom der Gartentouristen inspirieren lassen, der jedes Jahr vom Festland auf die Britischen Inseln floß. Über Anzeigen in britischen Gartenzeitschriften und auf seiner Homepage wurde für Reisen in die Zentren deutscher Gartenkultur geworben, und dies nicht ohne Erfolg.

Zu Beginn der Kampagne hatte man den Eindruck gewinnen können, sehenswerte Gärten und Parks gebe es hauptsächlich östlich der Elbe und südlich des Mains, vor allem in Bayern.

Von den niederrheinischen Gartenschätzen war einzig Schloß Dyck (»Schlosspark with over 200 species of trees, up to 200 years old and 125 foot tall«) erwähnt worden, wodurch der Eindruck erweckt wurde, daß der Niederrhein nur als Abstecher auf dem Weg in würdigere Gartenregionen dienen konnte.

Nicht mal einen Link hatte man gesetzt.

Kaum hatte sie diese Diskriminierung entdeckt, schrieb Marlis eine höfliche, aber heftige E-Mail nach London, gespickt mit Namen und Webseiten der sehenswertesten Gärten, Schloßparks und Klostergärten des Niederrheins.

Alte Gartenkultur ... schon Friedrich der Große ... gleich zwei niederrheinische Flughäfen mit kurzen Direktflügen ins Königreich und nach Irland ... Straße der Gartenkunst ... in Benrath und auf Schloß Dyck zwei Museen, die sich der Gartenkunst widmeten ... die Offene Gartenpforte ... Kleingartenvereine – kein Stichwort ließ sie aus.

Die Epistel endete mit einem Hinweis auf österreichische und deutsche Veranstalter von Gartenreisen, die selbstverständlich (!) den Niederrhein in ihren Programmen führten, und – last but not least – auf ihre eigene kleine, aber exklusive, ganz auf den Niederrhein und die benachbarte holländische Provinz Gelderland spezialisierte Gartenreise-Firma Guelder-Rose.

Ob sie die einzige gewesen war, die das – aus deutschen Steuergeldern bezahlte? – Tourist Office auf seine merkwürdige Fehlsichtigkeit aufmerksam gemacht und dagegen protestiert hatte?

Jedenfalls gab es in kürzester Zeit auf der Homepage des Tourist Office einen Hinweis auf Guelder-Rose Garden Tours mit Link auf ihre Webseite. Und ihr wirklich ansprechendes Logo war auch zu sehen. Auf einem hellgrünen Oval ein Zweig mit den schäumenden weißen Blüten des *Viburnum opulus,* auch Schneeball genannt.

Auf englisch hieß der Strauch Guelder-Rose, in Holland wurde er Geldersche Roos genannt, Rose de Gueldre bei den Franzosen und auf deutsch, angeblich, Gelderische Rose, aber sie hatte sich für Guelder-Rose entschieden.

Die Mail der Marketing Managerin des Tourist Office, die versprach, daß der Niederrhein in der Neuauflage der Broschüre (oh, es gab auch eine Broschüre!) berücksichtigt werden würde, war eine zusätzliche Befriedigung.

In ihren Wachträumen sah Marlis sich individuelle Reisen für Gartenenthusiasten aus Deutschland, England, Schottland, Irland, Österreich und der Schweiz (von Aberdeen bis Zürich . . .) zusammenstellen.

Sie sah auf ihre Armbanduhr. Noch reichlich Zeit für einen gemächlichen Rundgang durch den Garten, ehe sie sich umziehen mußte. Gegen sechs wollten sich die Nachbarsfrauen auf dem Hof der Uhlenbroeks treffen, um für die Hochzeit von Herrn Hüllbusch zu kränzen. Als sie noch in

Geldern in ihrer Mansardenwohnung mit Balkon gewohnt hatte, war ihr der Brauch nur vom Hörensagen bekannt gewesen. Seit sie hier auf dem Land lebte, war sie zu einer geübten Wicklerin der weißen Krepp-Rosen geworden, die vor einer Hochzeit zu Hunderten gewickelt wurden, an langen Abenden, bei Klatsch, Kuchen, oft auch Korn.

Mit den Blüten wurde die Haustür der Braut umkränzt, je nach der örtlichen Gegebenheit wurde auch der Weg zur Haustür geschmückt, mit Papier-Rosen und Bändern. Diesmal würde die Haustür des Bräutigams geschmückt werden, ausnahmsweise, und warum nicht – im Zeichen der Gleichberechtigung. Der Grund lag aber in seiner Beliebtheit und der Tatsache, daß hier geheiratet wurde, nicht etwa in Kerken, dem Wohnort seiner Zukünftigen.

Marlis' Blick glitt über die niedrigen Buchsbaumhecken, die die Beete einfaßten. In den vier Jahren, die Marlis hier wohnte und seit sie die Betreuung des Gartens übernommen hatte, hatten sie sich in Bilderbuch-Hecken verwandelt. Zu Beginn hatte sie sich gescheut, kräftig zuzuschneiden. Nicht nur beim Buxus, auch bei anderen Sträuchern und Büschen. Inzwischen war sie radikaler geworden und auch kühner in ihren Plänen. Anfangs hatte sie lediglich die vorhandenen Pflanzen gepflegt und Unkraut entfernt. Bald war sie sowohl von Lücken in den Beeten herausgefordert worden, die von ein- und zweijährigen Pflanzen hinterlassen worden waren, als auch von Ringelblumen, Fingerhut, Akelei und anderen sich selbst aussäenden Blumen, die sich fröhlich quer durch den Garten vermehrt hatten.

Heute ließ sie manche dieser munteren Wanderer dort, wo sie auftauchten, angetan von überraschenden Kombinationen mit Nachbarpflanzen, andere versetzte sie.

Marlis bückte sich zu einem rötlichen Salbei, zwickte ein Blatt ab, hielt es sich vor die Nase und sog das Aroma ein. Sie hatte begonnen, ihn über Stecklinge zu vermehren. Ihr schwebte da etwas vor, als Wegbegrenzung im hinteren Gartenteil, vor den Beerensträuchern, die den ehemaligen Gemüsegarten abgrenzten, der irgendwann auch wieder einer werden sollte.

Buschiger Purpursalbei, gepflanzt im Wechsel mit Blumen-Sedum (*Sedum spectabile* »Brillant«), mindestens zehn Exemplare jeder Sorte auf beiden Seiten des Weges, wie eine kleine Allee! Marlis hatte etwas Ähnliches im letzten Herbst gesehen, in einem Garten im Bergischen Land, allerdings mit dem gemeinen Salbei. Dessen silbergrüne Blätter hatten einen ruhigen Hintergrund für die tief rosafarbenen Sedum-Blüten abgegeben.

Ihr Vorhaben, mit Purpursalbei eine Variation jener Pflanzung anzulegen, mochte gewagt sein, aber sie war vom Erfolg ihrer Idee überzeugt. Sie spielte sogar mit dem Gedanken, noch ein paar rote Akzente hineinzusetzen: mit dem Hohen Herbstsedum (*Sedum telephium* »Munstead Dark Red«). Doch, der herbstliche Garten konnte eine solche Mischung von Rottönen verkraften, und im Winter würden die Salbei-Reihen allein den Weg in den Gemüsegarten weisen.

Zur Zeit war das Gelände grasbewachsen und uneben – weit entfernt von ihrer ursprünglichen Idee einer Wildblumenwiese. Marlis mußte lächeln, als sie an die Naivität dachte, mit der sie das Projekt Wildblumenwiese angegangen war. Ein Paradies für Schmetterlinge, eine Augenweide mit dem feldsteinummauerten Brunnen am anderen Ende, kurz: eine hervorragende Übergangslösung, bis sie in ein, zwei Jahren Zeit haben würde, hier einen neuen Gemüsegarten anzulegen.

Tja, eins wußte sie nun: Wildblumenwiesen verlangten eine Kombination aus Sich-Kümmern und Vernachlässigen, die ihr nicht gegeben war. Nicht tragisch. Auf der Wiese würden Kinder tollen können, die ihre Eltern an den Tagen der Offenen Gartenpforte begleiten würden.

Als das Komitee im September bei ihr aufgetaucht war, zur Ortsbesichtigung, ehe über ihren Antrag, den Garten in die Offene Gartenpforte aufzunehmen, entschieden wurde, hatte Marlis etwas beschämt auf das Gelände hingewiesen, das allerdings von den Beerensträuchern abgeschirmt wurde, die im Sommer kaum einen Blick auf die vernachlässigte Fläche zuließen.

Die vier Damen und der einzelne Herr hatten es sich nicht nehmen lassen, durch das Holztörchen zu treten und sich umzusehen.

»Ein hervorragender Abstellplatz für Kinder«, war das überraschende Urteil gewesen. »Eventuell noch eine Wippe, ein Sandkasten ...?«

Marlis hatte genickt. Alles, um in den Rang der besichtigenswerten Privatgärten erhoben zu werden!

Eine Dame hatte an den Bohlen gerüttelt, mit denen der Brunnen abgedeckt war. »Den müßten Sie besser absichern. Eine Steinplatte vielleicht?«

Marlis hatte heftig genickt. Eine dicke Steinplatte. So schwer, daß Kinder sie nicht verschieben konnten. Das Ganze am besten auch noch zur Wiese hin umpflanzt von ein paar Sträuchern. So würde der Brunnen unsichtbar werden, die Sträucher optisch mit der Wildhecke verschmelzen.

»Eine gute Idee«, hatte das Komitee befunden und Marlis in der folgenden Woche zur Aufnahme in die Offene Gartenpforte gratuliert.

Die Höhe des Preises für eine solide Steinplatte, inklusive Transport und Aufbringung, war erheblich, hatte Marlis nach einigen Telefonanrufen festgestellt. Diese Sorge drang jedoch kaum durch die Wolke der Glückseligkeit, die sie umgab. Eine gesicherte Wohnung, ihr Garten, die Guelder-Rose und nun auch noch ein Mitglied der Offenen Gartenpforte ...

Ein lautes »Hallo? Hallo, Frau Huyser!« riß sie aus ihren Gedanken.

Herr Vandeproel! Was der hier schon wieder wollte? Bei seinem Besuch letzte Woche hatte er versucht, sie zu bewegen, gegen eine Abfindung auszuziehen. Als sie ablehnte, hatte er erheblichen Druck auf sie ausgeübt. Ein erschreckendes Bild von den Mietern gemalt, an die er die beiden Wohnungen vermieten würde, sollte sie ihre widerspenstige Haltung nicht aufgeben.

Marlis hatte sich bemüht, ihre Beunruhigung in Grenzen zu halten. Sicher war sein Bellen schlimmer als sein Beißen.

Verständlich, daß er auf die Idee gekommen war, das Haus zu verkaufen, um aus seiner Finanzmisere herauszukommen. Herr Hüllbusch hatte Andeutungen gemacht, nachdem sie ihm von Vandeproels Ansinnen erzählt hatte. Recht deutliche Andeutungen für einen Bankbeamten über den Kontostand eines Kunden. Über den nicht vorhandenen Kontostand ... das völlig überzogene Konto ... mehrere überfällige Kredite.

Der Druck, mit dem seine Gläubiger ihn bedrängten, hatte Vandeproel auf die Idee gebracht, das Haus zu verkaufen.

Die andere Erbin hatte nichts dagegen, solange Marlis einverstanden war. Was sie natürlich nicht war.

Ob er schon neue Mieter gefunden hatte? Fiese Typen, wie er sie ihr angedroht hatte? Er würde erfahren müssen, daß sie einen niederrheinischen Dickschädel besaß. Sie war bereit, zu kämpfen.

Vandeproel hatte ein altes Fahrrad gegen den Zaun gelehnt. Er war nicht über die Landstraße gekommen, sondern den nicht asphaltierten Weg, der durch das Wäldchen führte und in die nächsten Dörfer. Das Fahrrad war ein klappriges Modell.

Marlis öffnete die Gartenpforte. Nur keine Schwäche zeigen.

»Herr Vandeproel, gut, daß sie kommen!«

»Was? Wieso? Ach, haben Sie es sich überlegt?«

»Ich muß Ihnen etwas zeigen. Ich denke, als Vermieter, beziehungsweise einer der Hausbesitzer, sind Sie zuständig.« Einen Versuch war es wert. Der Einfall war ihr gerade gekommen.

Er folgte ihr durch den Garten. Sie schlug nicht den Weg zum Haus ein, sondern winkte ihm, ihr in den ehemaligen Gemüsegarten zu folgen.

»Wissen Sie, ich wurde darauf aufmerksam gemacht, von … äh … offizieller Seite, daß der Brunnen eine öffentliche Gefahr darstellt. Die Abdeckung ist nicht ausreichend. Sehen Sie? Ganz leicht zu bewegen, diese Balken.«

Das erste Brett fiel mit Schwung auf die Wiese, nachdem Marlis es mit beiden Händen gepackt und über den Mauerrand geschoben hatte. Für das nächste, länger und breiter, brauchte sie all ihre Kraft, um es zu bewegen. Sie verwandelte ihr Schnaufen in ein kräftiges Husten und hoffte, Vandeproel würde ihr vor Anstrengung rotes Gesicht darauf zurückführen. Nie hätten Kinder es bewegen können. Allerdings wäre für Kinder nicht erst diese über die Hälfte abgedeckte Brunnenöffnung gefährlich gewesen. Und das nächste Stück Holz sah tatsächlich morsch aus, jetzt, wo es auch von der Seite zu sehen war.

Marlis bückte sich nach einem Steinchen und warf es über den Rand. Es dauerte eine Weile, bis es in der dunklen Tiefe auf Wasser traf. »Sehen Sie? Nicht ungefährlich. Ich würde sagen, es fällt unter die Reparatur- und Instandhaltungsarbeiten, für die die Erbengemeinschaft zuständig ist.«

Vandeproel sah Marlis an, als sei sie von einem anderen Stern.

Sie fuhr fort: »Ich habe bereits Erkundigungen eingeholt. Wenn es Ihnen recht ist, erteile ich den Auftrag für eine Steinplatte. Oder wollen Sie das übernehmen?«

Er wischte mit einer Hand durch die kühle Herbstluft. »Ich habe einen Kaufinteressenten. Ein Super-Angebot. Glücksfall. Ich habe nicht viel Zeit.« Schweißperlen traten auf seine Stirn. »Der Mann will bald Bescheid haben. Ich bin bereit, Ihre Abfindung zu erhöhen. Was sagen Sie?«

Marlis schüttelte den Kopf. »Herr Vandeproel, es tut mir leid, daß Sie in solchen finanziellen Schwierigkeiten stekken, aber Sie können nicht im Ernst erwarten, daß ich –«

»Doch«, brüllte er. »Ich erwarte! Solch ein Angebot kriege ich nicht so bald wieder! Er will eine Disco –«

»Unsinn. Das Haus ist doch nicht geeignet für ei –«

»Hier! Hinter dem Haus. Eine Halle. Keine Nachbarn. die sich über den Lärm beschweren können. Super-Angebot.«

Marlis griff sich an den Hals. »Hier? In meinem Garten? Nie im Leben. Nur über –«

In Vandeproels Augen blitzte es auf. »Nur über Ihre Leiche, wollten Sie sagen? Ihr letztes Wort? Und wenn ich die Abfindung um noch einen Tausender erhöhe?«

Marlis schüttelte den Kopf.

»Zweitausend?«

»Nein! Herr Vandeproel, Sie verschwenden Ihre Zeit. Und ich muß jetzt gehen, ich habe noch einen Termin.«

Er machte einen Schritt auf sie zu, seinen Mund zu einem unangenehmen Grinsen verzogen. Marlis trat zurück, spürte gegen ihre Pobacken den Druck der Brunnenmauer. Vandeproel und sie starrten einander an.

Aus seiner Brust stieg ein Grollen auf, er hob seine angewinkelten Arme, seine Handflächen kamen ihr auf Schulterhöhe entgegen, blitzschnell und zugleich wie in Zeitlupe. Instinktiv beugte Marlis sich zur Seite, ihr Gewicht auf das rechte Bein verlagernd, griff ihn um die Mitte, als sie ihr Gleichgewicht zu verlieren drohte, taumelte um ihn herum, so daß er nun mit dem Rücken zum Brunnen stand, sein Gesicht vor Wut verzerrt.

Voller Angst ließ Marlis ihn los, stolperte nach hinten, sah ihn schwanken, in die Luft greifen – und mit einem sich zu Unglauben wandelnden Gesichtsausdruck rückwärts in den Brunnen fallen. Sein Kopf schlug auf dem vorderen der beiden verbliebenen Bretter auf, ehe Vandeproel aus ihrem Gesichtsfeld verschwand.

Mit einem erstickten Laut trat Marlis an den Brunnenrand und sah in die Tiefe. Zu sehen war nichts.

Sie lauschte. Der Hauch eines Echos schien sich an den Brunnenwänden zu verlieren.

»Ha- hal-« Sie räusperte sich. »Hallo?« flüsterte Marlis. Etwas lauter, mit zitternder Stimme: »Herr Vandeproel ...? Können Sie mich hören?«

Nichts.

»O-gottoh-gott«, murmelte Marlis und machte kehrt.

Minuten später war sie mit der Stabtaschenlampe zurück. In die Tiefe gerichtet, traf der Strahl auf eine undurchsichtige Wasseroberfläche, die sich kaum mehr bewegte. Mit zusammengekniffenen Augen hielt sie nach Luftblasen Ausschau. Nach einigen Minuten fiebrigen Nachdenkens eilte Marlis durch das Gartentor auf den Weg. Sie sah sich um. Alles ruhig.

Sie schob Vandeproels Fahrrad in den Schuppen, in dem sich noch aus Herrn Klockenbrings Zeiten alles mögliche Gerümpel befand, das auf den Schrottplatz gehörte. Das Vorhängeschloß schnappte zu. Morgen würde sie das Rad ins Auto packen und irgendwo in einem Weiher versenken. Oder besser, an einem Bahnhof in einem Fahrradständer abstellen. In Geldern vielleicht. Unter den vielen Rädern, die dort parkten, würde es niemandem auffallen. Vielleicht würde es sogar jemand stehlen.

Nach einer unruhigen Nacht – daß sie überhaupt geschlafen hatte, schien ihr ein Wunder – bestellte Marlis als erstes die Steinplatte für den Brunnen. Nicht die preiswerteste, sondern diejenige, die am schnellsten geliefert werden konnte. Sie hatte keine Ahnung, ob oder wann mit einer gewissen Geruchsentwicklung zu rechnen war. Je eher die Platte drauf war, um so besser.

Die Lieferung erfolgte schon drei Tage später. Nervös beobachtete Marlis, wie die drei Arbeiter die Platte auf den Brunnen hievten.

»So, fertig«, sagte einer von ihnen und tätschelte den Stein. Die schwere Platte lag auf der Brunnenöffnung und schloß mit dem Mauerrand ab. »Da fällt niemand mehr rein!« Er lachte. Seine beiden Kollegen stimmten ein.

»Ha ha«, machte Marlis und lief rot an. Vor Schreck verteilte sie zu großzügige Trinkgelder.

In den folgenden Tagen umpflanzte sie den Brunnen mit Efeu. Mit jungen Pflanzen des großblättrigen irländischen Efeus aus dem Gartencenter und einigen älteren meterlangen Gewächsen des gemeinen kleinblättrigen Efeus, die sie im nahe gelegenen Wäldchen ausgegraben und vorsichtig von der Rinde der Bäume gezogen hatte, an denen sie in die Höhe kletterten. Manche dieser Ausläufer reichten bis weit auf die Brunnenplatte. Marlis beschwerte sie mit flachen Steinen und begoss auch die Ausläufer täglich, um sie zu ermutigen, sich möglichst bald auf dem Stein festzuklammern. Wie die Rosen Dornröschens Schloß würde das Efeu den Brunnen umranken und unter seinem Grün verschwinden lassen.

Zusätzlich zu dem seit langem geplanten Kauf eines kompakten Schneeball-Strauches, der im schmalen Vorgarten als lebendes Wahrzeichen ihres Reiseunternehmens wachsen und gedeihen sollte, erwarb Marlis vier fast ausgewachsene Exemplare, bereits an die drei Meter hoch. Sie sollten den Brunnen abschirmen, bewachen. Das Laub hatte bereits seine herbstliche Färbung angenommen, ein leuchtendes Weinrot. Die hängenden Beerendolden würden den Vögeln bis in den Winter als Nahrung dienen.

Das Ausheben von vier Pflanzlöchern ging fast über ihre Kräfte, so geschwächt fühlte sie sich von den Aufregungen und Ereignissen der letzten Zeit. Sie hatte aber nicht gewagt, jemanden um Hilfe beim Graben zu bitten.

Thomas Vandeproels Verschwinden wurde erst zwei Wochen später zum öffentlichen Thema, als in der Zeitung eine Suchmeldung der Polizei veröffentlicht wurde.

Herrn Hüllbuschs Hochzeit war vorbei, das Paar in den Flitterwochen und die Nachbarsfrauen waren am späten Nachmittag bei Marlis zum Abkränzen eingetroffen – dem Abnehmen der Krepp-Rosen und Flatterbänder, die den kurzen Weg durch den Vorgarten und die Haustür geschmückt hatten.

Was das Abkränzen so gemütlich machte, war, daß man sich Zeit lassen konnte. Anders als vor der Hochzeit gab es keinen Termindruck, aber immer reichlich Themen, über die man sich unterhalten konnte. Meist waren dies Vorkommnisse bei der zurückliegenden Feier, Kommentare über Braut, Bräutigam und deren Anverwandte. Diesmal wurde außerdem intensiv über die möglichen Gründe von Herrn Vandeproels Verschwinden spekuliert. Sein Schuldenberg war kein Geheimnis. Eine Nachbarin war mit einem der Gläubiger bekannt, eine andere machte düstere Andeutungen über die Auswirkungen einer solchen Spielleidenschaft. Keine von ihnen hatte Vandeproel näher gekannt. Marlis, deren Hausbesitzer er gewesen war, wurde bedrängt, ihre Meinung äußern.

Sie zuckte mit den Schultern und spürte, wie ihr Gesicht rot anlief. »Er hat wohl … äh … das Gleichgewicht verloren … und ist dann … äh … untergetaucht.«

Diese Umschreibung der Lage traf auf allgemeine Zustimmung und löste eine Diskussion darüber aus, wo der

Flüchtige untergetaucht sein und sich jetzt befinden könne. Die Vorschläge reichten von einer Hütte im Wald über die Wohnung eines anderen Spielsüchtigen bis zur Kabine eines holländischen Frachters.

Auf den Gedanken, der Gesuchte könnte nicht mehr am Leben sein, kam zum Glück niemand.

Marlis fühlte sich erleichtert.

Barbara Wendelken
Ewige Ruhe

Wir waren eine nette Runde. Frau Louven, Frau Mölders, Frau van Flinthoff und ich. Wir trafen uns täglich auf unserer Bank. Immer gab es etwas zu bereden. Manchmal saßen wir auch einfach nur da und ließen uns von der Sonne wärmen. Wenn Frau Mölders ihr Strickzeug mitbrachte – sie strickte mit Hingabe Pullover für ihre Enkelkinder –, war es richtig gemütlich. Dann schaute keine von uns auf die Uhr.

Unsere Bank stand auf dem Kempener Friedhof. Unter zwei großen Koniferen. Wir waren alle seit Jahren verwitwet, und die Gräber unserer Männer lagen in einer Reihe. Eine Grabstelle war noch frei, zwischen den Gräbern von Paul van Flinthoff und Willi Louven.

Frau Louven sagte mal, sie wünsche sich für das freie Grab eine tote Frau. »Ein Witwer wäre doch mal eine Abwechslung.«

Wir anderen waren dagegen. Wir fanden, daß eine weitere Witwe besser zu uns passen würde. Doch es sollte ja sowieso alles ganz anders kommen. Anfang Mai starb überraschend Hubert Kovalski. Das war der mit dem großen Gardinengeschäft in der Fußgängerzone, Sie wissen schon. Gott, hatte der Kränze. Da konnte man beinahe neidisch werden. Beeindruckend war der riesige Kranz der Witwe. Der Gärtner hatte nur eine Sorte Blumen gesteckt, weiße Lilien. Die allerdings in unvorstellbarer Zahl. Das Ganze mußte ein Vermögen gekostet haben.

»Wirklich elegant«, flüsterte Frau Louven.

»Ansichtssache«, erwiderte ich. Mir erschienen die perfekt gewachsenen Lilien zu kalt, fast schon künstlich. Da gefielen mir die Blumen auf dem Kranz von seinem Vetter Hannes Kovalski weitaus besser. Goldgelbe Rosen, lila Freesien, orangerote Nelken, weiße Margeriten und Schleierkraut. Grünes war kaum zu sehen, nur außen ein paar Farnblätter.

»Auf Wiedersehen« stand in silberner Schrift auf der weißen Schleife. Na, ich weiß ja nicht. Auf Wiedersehen? Anrührend fand ich ein Herz aus Efeu mit rosafarbenen Rosen. Eine Schleife war nicht daran befestigt, aber ich glaubte zu wissen, von wem das Herz stammte.

Der Posaunenchor hat auch gespielt. Irgendwas Klassisches, ich kenne mich da nicht so aus. Zu unserer Überraschung hatte Kovalskis Witwe sich ausgerechnet für die freie Grabstelle in unserer Reihe entschieden.

Ehrlich gesagt, mochte ich sie von Anfang an nicht. Während der Beerdigung trug sie einen riesigen schwarzen Hut mit Schleier. Als der Sarg abgesenkt wurde, brach sie in die Knie und schluchzte: »Hubert, Hubert, wie soll es nur ohne dich weitergehen!«

Ein peinlicher Auftritt, wußte doch jeder in Kempen, daß Hubert Kovalski seit Jahren ein Verhältnis mit seiner Verkäuferin hatte. Die erschien selbstredend nicht zur Beerdigung. Ich habe sie erst am nächsten Morgen gesehen. Sie legte eine rote Rose auf die Kränze. Ganz still und bescheiden. Das ging mir richtig zu Herzen.

Wie nicht anders zu erwarten, ließ Frau Kovalski die ganze Welt an ihrer Trauer teilhaben. Jedesmal, wenn sie eine von uns am Grab erblickte, warf sie sich auf die Knie und rief: »Hubert, du fehlst mir so!«

Glauben Sie mir, ich habe mich nach Ottos Tod nicht so aufgeführt. Meine Trauer war still und in sich gekehrt, aber sie kam von Herzen, was ich bei Kovalskis Witwe stark anzweifelte.

Kaum daß Hubert Kovalskis Kränze ein wenig angewelkt waren, wurde alles abgeräumt. Gleich zwei Gärtner rückten an, um das Grab zu bepflanzen. Vorn setzten sie einen Halbkreis aus weißen Zwergrosen, davor irgendwas Kriechendes, das hellblau blühte. Ich weiß beim besten Willen nicht den Namen. Oben rechts und oben links pflanzten sie je einen kugelig geschnittenen Buchsbaum, Hochstamm natürlich. Die Buchsbäume standen jeweils in einem Kreis aus weißen Eisbegonien. Zwischen den Pflanzen wurde die Erde von schneeweißen Kieseln bedeckt. So als wäre normale Erde nicht gut genug für einen Hubert Kovalski.

Ich muß sagen, so etwas habe ich noch nie gesehen. Und es gefiel mir auch nicht. Es war eine kalte Pracht. Wochen später wurden die Umrandung und der Grabstein geliefert. Selbstverständlich hatte Frau Kovalski einen ganz seltenen Granit gewählt. Grau, fast hellblau, mit weißen Sprenkeln. Auf dem Stein landete mit weit geöffneten Schwingen ein schneeweißer Vogel, ich nehme an, es sollte ein Adler sein. Die Spannweite betrug einen Meter neununddreißig. Ich habe es heimlich nachgemessen. Nur damit Sie eine Vorstellung haben.

Als der Steinmetz seine Arbeit beendet hatte, erschien Frau Kovalski, um das Grab zu inspizieren. Sie trug immer noch Schwarz, allerdings gestattete sie sich bereits eine grauweiß karierte Bluse mit einem feinen roten Streifen darin. Und das nach vier Wochen. Ich kann nicht sagen, daß mir diese Bluse passend erschien. Frau Kovalski nickte zufrieden.

Und dann sprach sie mich einfach an. »Ich wollte etwas ganz Besonderes, wissen Sie. Etwas, das dem Wesen meines Mannes gerecht wird. Der Adler erinnert mich an seine ungeheure Stärke und seine geistige Beweglichkeit. Außerdem haben wir während unserer Hochzeitsreise in Garmisch-Partenkirchen einen Steinadler gesehen.«

Sie schniefte in ein Taschentuch. Ohne Tränen allerdings, das kann ich beschwören. Und dann warf sie einen abfälligen Blick auf Ottos Grab. Der Stein ist ganz schlicht, dunkelgrauer Marmor, ich gebe ja zu, daß er preiswert war. An den Blumen habe ich allerdings nicht gespart. Das tue ich nie. Ich kaufe alles, was bunt ist und prächtig blüht, Fuchsien. Geranien, Verbenen, Fleißige Lieschen und natürlich Petunien. Die hat mein Otto ganz besonders geliebt.

»Wissen Sie, ich bevorzuge schlichte Eleganz. Weniger ist häufig mehr. Nur zwei Farben, blau und weiß. Und klare Linien«, erklärte Frau Kovalski. »Ihr Grab wäre mir mit Verlaub zu bunt.«

Ich nickte wie unter Zwang. Jetzt, da ich Ottos Grab durch ihre Augen sah, erschien es mir plötzlich geschmacklos. Für einen winzigen Moment überlegte ich sogar, die Pflanzung völlig zu verändern. Etwa nur rote Geranien und blauen Lavendel zu setzen. Doch zum Glück verwarf ich diesen Gedanken wieder.

Mein Otto war begeisterter Freizeitgärtner. Zeit seines Lebens liebte er es bunt und fröhlich. Sein Grab hätte ihm gefallen, da war ich mir sicher. Ich beschloß, nichts daran zu ändern.

Eine Woche später sah ich zufällig die Verkäuferin wieder, Kovalskis Geliebte. Sie trug einen schwarzen Rock und einen schwarzen Pulli. In der Hand hielt sie einen Strauß Wicken, Sie wissen schon, rosa, lila, rot und weiß. Eine Vase hatte sie auch mitgebracht. Eine Weile schien sie zu überlegen, dann plazierte sie ihre Blumen direkt vor dem Stein.

»Ach Hubert«, hörte ich sie seufzen, »ich hoffe, du siehst dein Grab nicht. Es sieht genauso aus wie euer Vorgarten.«

Frau Mölders saß neben mir auf der Bank und strickte an einem hellblauen Babypullover. »Ich finde das Grab schick. Vielleicht sollte ich bei Dietmar auch alles ändern. Ein Sack Kiesel kostet um die zwölf Euro, ich hab mich schon erkundigt. Ob einer reicht?«

Ich schluckte. Frau Mölders erkundigte sich nach Kieselsteinen. Und ich hatte in Erwägung gezogen, meine bunte Blumenvielfalt durch Geranien und Lavendel zu ersetzen. Was war mit uns passiert?

Am nächsten Tag, ich war gerade damit beschäftigt, Ottos Grabstein mit Essigwasser zu reinigen, entdeckte Frau Kovalski die Wicken. Wutentbrannt warf sie Blumen samt Vase auf den Komposthaufen. Ich wagte gar nicht, sie darauf aufmerksam zu machen, daß die Vase in den Container für den Restmüll gehörte.

Es war übrigens der Tag, an dem sie sich zum ersten Mal auf unsere Bank setzte. Direkt neben die strickende Frau Mölders. Die beiden unterhielten sich bald schon sehr angeregt.

Es sollte noch schlimmer kommen. Ein paar Tage später fand ich Frau Mölders, Frau Louven, Frau van Flinthoff und Frau Kovalski auf der weißen Bank vor. Für mich war kein Platz mehr frei. Frau Kovalski hatte diesmal eine gelbe

Bluse mit einem dezenten schwarzen Überkaro gewählt. Ich möchte das nur am Rande erwähnen.

Frau van Flinthoff und auch Frau Louven, das muß ich der Gerechtigkeit halber sagen, standen sofort auf. Sie begrüßten mich freundlich und Frau Louven flüsterte: »Sie hat sich einfach dazugesetzt. Ohne zu fragen.«

Als mein Blick über die Gräber schweifte – nicht, daß ich etwas Bestimmtes gesucht hätte –, blieb mir beinahe die Luft weg. Frau Mölders hatte es getan. Sie hatte die Bepflanzung auf dem Grab ihres Gatten erneuert. Mitten im Sommer und völlig ohne Grund.

Ich glaube, ich muß das hier nicht weiter beschreiben. Rosa Geranien und weiße Margeriten. Und dazwischen natürlich diese albernen Kieselsteine. Wenn sie gekonnt hätte, hätte sie wohl auch noch den Grabstein ausgewechselt. Aber das ließ ihre Rente vermutlich nicht zu.

»Ach du liebe Zeit«, keuchte ich.

»So schlecht sieht es gar nicht aus«, fand Frau Louven. »Ich habe auch schon daran gedacht, Willis Grab anders zu bepflanzen. Aber ich werde bis zum Herbst warten. Es bringt Unglück, blühende Blumen rauszureißen. Das hat mein Willi immer gesagt.«

In diesem Moment sah ich alles vor mir. Vier gleiche Gräber, vier Witwen auf der Bank. Für mich würde kein Platz mehr frei sein.

Vielleicht war das der Moment, in dem ich Frau Kovalskis Tod beschloß. Nicht daß Sie jetzt denken, ich wäre eine geübte Mörderin, hätte womöglich meinen Otto auf dem Gewissen, nein. Es war nur so ein Gedanke, den ich gleich wieder verwarf.

Die Kieselsteine samt der schlichten Bepflanzung machten auf dem Friedhof Mode. Nicht nur bei uns, sondern auch in den umliegenden Reihen wurde so manche Grabstelle neu angelegt. Der Steinmetz, der direkt in Friedhofsnähe lag, bot jetzt Fünfkilosäcke mit Kieselsteinen an.

Ich, wie schon gesagt, blieb bei normaler Erde. Einmal sagte ich zu Frau Mölders: »Ich weiß nicht. Ich stelle mir immer vor, daß mein Otto Kopfschmerzen kriegt, wenn ich ihm Steine aufs Grab legen würde.«

»Meinen Sie?« Frau Mölders hielt mit ihrer Strickarbeit inne. Sie war leicht zu verunsichern. Aber dann straffte sich ihre hagere Gestalt. »Das ist doch lächerlich! Ich glaube, aus ihren Worten spricht der pure Neid! Weil Sie es sich nicht leisten können, ihr Grab neu zu bepflanzen. War ihr Gatte nicht einfacher Hausmeister? Da kann die Rente ja nicht so üppig sein.« Sie stopfte ihr Strickzeug in ihre Tasche. Dabei merkte sie nicht einmal, daß eine der Nadeln auf den Boden fiel. »Frau Kovalski sagt, ihr Grab verdirbt den Gesamtanblick in unserer Reihe. Ich finde, sie hat recht!«

Aufgebracht stolzierte sie davon. Sie verabschiedete sich nicht mal von ihrem toten Dietmar. Ich hob die Stricknadel auf und steckte sie in meine Handtasche. Wer weiß, wozu es gut ist, dachte ich noch. Dann ging ich heim. Das, was jetzt kommt, würde ich am liebsten überhaupt nicht erzählen. Und ich werde auch nicht in alle Einzelheiten gehen. Nur soviel, ich hatte mal einen Krimi gelesen, in dem jemand durch eine Stricknadel zu Tode kam.

Ich holte das Buch aus dem Schrank und las es sorgfältig durch, vor allem die Stelle mit dem Mord. In meinem Gesundheitslexikon schaute ich mir an, wo genau das menschliche Herz liegt. Anschließend feilte ich die Nadel spitz und suchte in Ottos Werkstatt ein Paar Arbeitshandschuhe aus Leder, die ich zusammen mit der Stricknadel in meine Handtasche steckte. Den Krimi verbrannte ich vorsichtshalber im Ofen. Man weiß ja nie.

Es dauerte ein paar Tage, aber dann traf ich Frau Kovalski allein auf dem Friedhof an. Sie grüßte mich nicht mal, mein bunt bepflanztes Grab und ich waren ihr ja nicht fein genug. Sie kniete vor dem Steinadler. Scheinbar hatte sie einen Fleck entdeckt, an dem wie wild mit einem Taschentuch rieb.

Ich zog den Handschuh über, nahm Frau Mölders Stricknadel und rammte sie von hinten durch Frau Kovalskis Oberkörper. Zur Nachahmung möchte ich dies übrigens nicht empfehlen. Man braucht eine Menge Kraft.

Aber seit Ottos Tod muß ich im Frühjahr den Garten allein umgraben. Im letzten Herbst habe ich sogar eine Tanne gefällt. Kraft habe ich, das können Sie mir glauben.

Frau Kovalski sackte in sich zusammen. Ich wartete, bis sie kein Lebenszeichen mehr von sich gab, dann rannte ich zu der Gaststätte, die dem Friedhof gegenüberliegt, hämmerte an die Tür und schrie um Hilfe.

Später sagte ich dann aus, daß ich niemanden gesehen hätte, nur Frau Mölders von hinten, aber da sei ich mir nicht ganz sicher.

Nun ja, nach Frau Kovalskis Tod entdeckte man die Stricknadel, die ihr Herz durchbohrt hatte. Dreißig Zentimeter lang, Stärke dreieinhalb. Das passende Gegenstück fand sich in Frau Mölders' Strickkorb. Jetzt sitzt sie in Untersuchungshaft. Um das Grab kümmern wir uns. Ihr Dietmar kann ja nichts dafür. Und ein verwildertes Grab paßt nicht in unsere Reihe.

Hubert Kovalskis Grab wird jetzt von seiner Geliebten gepflegt. Eine nette Frau, muß ich sagen. Sie trägt immer noch Schwarz. Die furchtbaren Kiesel hat sie entfernt. Und gestern hat sie mich gefragt, wo ich die schönen Petunien kaufen würde. Sie sitzt jetzt auf Frau Mölders' Platz.

Erst gestern sagte Frau Louven: »Es bringt eben Unglück, blühende Blumen rauszureißen. Das hat schon mein Willi gewußt.«

Ich habe nicht widersprochen. Auf dem Friedhof ist wieder Ruhe eingekehrt. Wir sind eine richtig nette Runde. Frau Louven, Frau van Flinthoff, Frau Bloomen – die Geliebte – und ich. Wir treffen uns beinahe täglich auf unserer Bank. Immer gibt es etwas zu erzählen. Manchmal sitzen wir auch einfach nur da und lassen uns von der Sonne wärmen.

Wenn Frau Bloomen ihr Häkelzeug mitbringt – sie häkelt mit Hingabe Topflappen –, ist es richtig gemütlich. Dann schaut keine von uns auf die Uhr.

Nachbemerkung

Der Sommer, das wissen wir aus einschlägigen Reisekatalogen, ist die schönste Zeit des Jahres. Dann sind alle verpflichtet, sich zu erholen. Wem das nicht zu Hause gelingt, der packt die Koffer und sucht das Weite. Am Zielort erwarten den Touristen dann sonnige Strände, blaue Lagunen, kristallklare Bergluft, gesunde Bräune, üppige Büffets, beschwingte Abende, heitere Menschen, glückliche Kleinfamilien und Kinder, die jenseits des Trotzalters ihre Spaghetti aufessen, statt sie samt Tomatensauce durch das Restaurant zu schleudern.

Ganz so unbeschwert, wie es die Prospekte behaupten, ist der Urlaub allerdings nicht immer. Denn das Verbrechen lauert überall, selbst in romantischen Felsbuchten und idyllischen Waldgaststätten. Davon jedenfalls sind Krimiautoren überzeugt. Vorsicht ist also geboten, und nicht erst am Urlaubsort selbst. Schon die Reise dorthin kann zum gefährlichen Abenteuer werden. Andrea Camilleri weiß von einer Zugfahrt zu berichten, bei der sein Commissario Montalbano das Schlafwagenabteil mit einem frischgebackenen Mörder teilen mußte. Nicht jeder hat die kühle Professionalität eines italienischen Kriminalbeamten, der selbst eine solche Begegnung ohne Schaden übersteht. Der urlaubsreife Fahrgast in Stanley Ellins Erzählung gerät dagegen schon aus dem Häuschen, wenn er heimlich einer Mordgeschichte lauscht, die auf ein sehr seltsames Ende zusteuert. Auch das kann die erhoffte Erholung bereits in einem sehr frühen Stadium stören. Unter südlicher Sonne scheint es dann von Gefahren nur so zu wimmeln. Schriftsteller haben eine heimtückische Freude daran, aus Träumen Alpträume werden zu lassen und glänzend beleumundete Ferienregionen in mörderische Schlachtfelder zu verwandeln. Besonders Ehepaare werden gern, wie bei Niklaus Schmid und Ursula Curtiss, durch die Urlaubshölle geschickt. Es können aber auch langjährige Freundschaften sein, die in den Sommermonaten ihrem frühzeitigen Ende zustreben. Carsten Kleemann und Sabine Thomas erzählen davon. Heiße Tage sind immer für Überraschungen gut, und nicht jedes Rätsel können wir als Leser auf Anhieb lösen. Warum zum Beispiel muß ein uns unbekannter Strandbesucher in Javier Marías Geschichte sterben? Was geschah wirklich in Elisabeth Bowens Geisterhotel? Und wird es Kommissar Winter, trotz Urlaub, gelingen, zwei Entführungsopfer noch lebend zu finden? Åke Edwardson gibt uns im letzten Fall keine eindeutige Antwort. Wir dürfen spekulieren. Wohin waghalsige Vermutungen im schlimmsten Fall führen können, hat Ruth Rendell beschrieben. In dem von ihr geschilderten englischen Seebad scheint es von bösen Menschen nur so zu wimmeln. Aber die Wirklichkeit sieht dann zum Glück doch anders aus. An einem derart friedlichen Ende hat Brigitte Luciani kein Interesse. Sie läßt ihren sommerlich verwirrten Paris-Touristen an dem Gegensatz von Schein und Sein scheitern. Was als prikkelndes erotisches Abenteuer beginnt, endet überraschend im freien Fall.

Wer nach diesen literarischen Urlaubserfahrungen in den eigenen vier Wänden bleiben möchte, hat nicht unbedingt die bessere Wahl getroffen, wie die Erzählungen von Sabine Deitmer und Nedra Tyre zeigen. Beide Male sind die Ehemänner die bedauernswerten Opfer. Sogar ein üppig bewachsener Garten, der Frieden und Harmonie ausstrahlt, kann, wie bei Vicki Cameron und Gesine Schulz, zur tödlichen Falle werden. Und gut gedüngt, wächst das Gras schneller über jeden Mord. Selbst auf dem Friedhof ist die sommerliche Ruhe nicht garantiert, wenn ehrgeizige Witwen um das schönste Grab konkurrieren. Aus Barbara Wendelkens Erzählung können wir lernen, daß für einen perfekten Mord das Handwerkszeug von älteren Damen genügt. Aber wollten wir das wirklich so genau wissen? Auf jeden Fall können wir froh sein, wenn wir den Sommer ohne größere Blessuren überstehen – und uns schon jetzt auf den Winter freuen. Aber der ist auch nicht ganz ungefährlich, wenn Krimiautoren darüber schreiben.

Quellenverzeichnis

Elizabeth Bowen

Liebe, S. 79. Aus: Leichtfertige Reisen. Geschichten von Frauen unterwegs. Herausgegeben von Lisa St. Aubin de Terán. Aus dem Englischen von Christine Frick-Gerke. © der deutschen Übersetzung: S. Fischer Verlag GmbH, Frankfurt am Main 1991.

Vicki Cameron

Die Gartentour, S. 167. Aus: Mord im Grünen. 20 Krimis mit vielen Gartentipps. Herausgegeben und aus dem Englischen übertragen von Andrea C. Busch und Almuth Heuner. Copyright © 2001 Gerstenberg Verlag, Hildesheim.

Andrea Camilleri

Der Reisegefährte, S. 9. Aus: Andrea Camilleri, Das Paradies der kleinen Sünder. Commissario Montalbano kommt ins Stolpern. Aus dem Italienischen von Christiane von Bechtolsheim. © 2001 Verlagsgruppe Lübbe GmbH & Co. KG, Bergisch Gladbach.

Ursula Curtiss

Die richtige Perspektive, S. 43. Aus: Ursula Curtiss, ... und plötzlich war es Mord. Exquisite Geschichten über Mord aus Liebe und Leidenschaft. Aus dem Amerikanischen von Mechtild Sandberg. Scherz Verlag, Bern, München, Wien 1987.

Sabine Deitmer

Der erste Sommer, S. 140. Aus: Der Ferienkrimi. Ein mörderischer Sommer. Herausgegeben von Ralf Kramp. Scherz Verlag, Bern, München, Wien 2002. Abdruck mit freundlicher Genehmigung von Sabine Deitmer.

Åke Edwardson

Winters Urlaub (aus dem Schwedischen von Susanne Dahmann), S. 113. Aus: Unter Mördern und Elchen. Neues aus Schweden von Mankell bis Edwardson. Herausgegeben von Holger Wolandt. Piper Verlag, München 2003. Abdruck mit freundlicher Genehmigung von Åke Edwardson und Susanne Dahmann.

Stanley Ellin

Un-begründeter Zweifel, S. 16. Aus: Stanley Ellin, Spezialitäten des Hauses. Aus dem Amerikanischen von Kristin Wallstroem. © Scherz

Verlag, Bern, München, Wien 1973. Alle Rechte vorbehalten S. Fischer Verlag GmbH, Frankfurt am Main.

Carsten Klemann

Der Traum ihres Lebens, S. 58. Originalbeitrag. Abdruck mit freundlicher Genehmigung von Carsten Klemann.

Brigitte Luciani

Paris, S. 71. Aus: Killing him softly. Sanfte und unsanfte Geschichten. Herausgegeben von Julia Peters. Droemer Knaur Verlag, München 2000.

Javier Marías

Sonntag mit Fleisch, S. 66. Aus: Javier Marías, Als ich sterblich war. Erzählungen. Aus dem Spanischen von Elke Wehr. © 1996 Javier Marías. Klett-Cotta, Stuttgart 1999.

Ruth Rendell

Die Wahrheit will ans Licht (aus dem Englischen von Anette Grube), S. 93. Aus: MordsFrauen. Kriminalgeschichten. Herausgegeben von Marie Smith. © der deutschen Übersetzung: 1991 Deutscher Taschenbuch Verlag, München.

Niklaus Schmid

Ischia – Traum und Trauma, S. 30. Aus: Pizza, Pasta und Pistolen. Mörderische Geschichten mit Rezepten. Herausgegeben von Ingrid Schmitz. Langen Müller in der F. A. Herbig Verlagsbuchhandlung GmbH, München 2007. Abdruck mit freundlicher Genehmigung von Niklaus Schmid.

Gesine Schulz

Das Geheimnis der Guelder-Rose, S. 173. Aus: Radieschen von unten. Garten-Krimis vom Tatort Niederrhein. Herausgegeben von Gesine Schulz und Ina Coelen. Leporello Verlag, Krefeld 2006. Abdruck mit freundlicher Genehmigung von Gesine Schulz.

Sabine Thomas

Mörderische Hitze, S. 126. Aus: Sabine Thomas, Mordsgelüste. Verlag der Criminale, München 2002. Abdruck mit freundlicher Genehmigung von Sabine Thomas.

Nedra Tyre

Ein Mord aus Hilfsbereitschaft (aus dem Amerikanischen von Anne Vogt), S. 150. Aus: Alle meine Mordgelüste. Wenn Frauen zu sehr hassen. 13 Kriminalgeschichten. Herausgegeben von Marie Smith. © der deutschen Übersetzung: 1993 Deutscher Taschenbuch Verlag, München.

Barbara Wendelken

Ewige Ruhe, S. 189. Aus: Radieschen von unten. Garten-Krimis vom Tatort Niederrhein. Herausgegeben von Gesine Schulz und Ina Coelen. Leporello Verlag, Krefeld 2006. Abdruck mit freundlicher Genehmigung von Barbara Wendelken.

Unheimliche Geschichten
im insel taschenbuch
Eine Auswahl

Klassiker

Jane Austen. Die Abtei von Northanger. Aus dem Englischen von Margarete Rauchenberger. it 931. 253 Seiten

Werner Bergengruen. Das Buch Rodenstein. Unheimliche Geschichten. it 1793. 448 Seiten

Ambrose Bierce. Das Spukhaus und andere Erzählungen. Aus dem Amerikanischen von Gisela Günther, Anneliese Strauß und Karl Bruno Leder. it 3104. 214 Seiten

Fjodor Dostojewski. Der Doppelgänger. Ein Petersburger Poem. Aus dem Russischen von Hermann Röhl. it 2885. 220 Seiten

Wilhelm Hauff. Das Wirtshaus im Spessart. Eine Erzählung. it 2584. 199 Seiten

E.T.A. Hoffmann
- Die Elixiere des Teufels. Mit Illustrationen von Hugo Steiner-Prag. it 304. 348 Seiten
- Der Sandmann. Mit Illustrationen von Hugo Steiner-Prag. it 934. 83 Seiten

Ricarda Huch. Der Fall Deruga. Kriminalroman. it 1416. 211 Seiten

Victor Hugo. Der Glöckner von Notre-Dame. Aus dem Französischen von Else von Schorn. it 1781 und it 2810. 661 Seiten